KB250929

하루 한 장,
단단한 삶을 위한
고전 필사 노트

생각은 많은데 늘 흔들리는 어른을 위한 120편의 문장 처방

하루 한 장,
단단한 삶을 위한
고전 필사 노트

김선영 지음

현대
지성

우리는 탐험을 멈추지 않으리라

그리고 모든 탐험 끝에

처음 출발했던 자리로 돌아와

비로소 처음으로 그곳을 알게 되리라.

— T. S. 엘리엇, 「리틀 기딩(Little Gidding)」 중에서

손끝으로 아로새기는
삶의 나침반이 되어줄 책

'비전 보드'라는 것이 있다. 커다란 보드를 내가 살아가고 싶은 삶의 모습과 가치관이 담긴 사진이나 문구로 장식하여, 눈길이 가장 자주 닿는 곳에 두고 삶의 지향점을 되새기는 것이다. 인생의 갈 길을 잃었을 때, 꿈은 있지만 밀고 나갈 힘은 부족할 때 비전 보드는 더욱 빛을 발한다. 고전 필사도 바로 그러한 역할을 한다. 우리의 삶을 이끄는 것은 머나먼 바깥세상의 소음이 아니라 내면 깊은 곳에서 울려 나오는 목소리임을 깨닫게 하고, 하루에도 몇 번씩 흔들리는 마음을 단단히 붙들어준다.

『하루 한 장, 단단한 삶을 위한 고전 필사 노트』는 우리의 주머니 속 눈부신 비전 보드가 되어줄 책이다. 저자는 고전을 필사하며 마음이 저절로 튼튼해지고 꿋꿋해지는 아름다운 체험을 독자와 나누고자 한다. 무언가 대단한 문장을 써야만 한다는 부담감을 느끼는 사람도, 글쓰기나 독서와는 담을 쌓고 살아온 사람이라도 괜찮다. 하루에 한 장씩 옮겨 쓰는 동안 자신도 모르게 마음 근육이 튼튼해지고, 날이 갈수록 조금씩 더 나다워지는 행복을 마주하게 될 것이다.

　이제 고전 속 문장들을 소리 내어 읽고 한 자 한 자 눌러 적어 보자. 고전의 지혜가 삶 속에 흠뻑 스며들어 영혼의 자양분이 되는 기쁨을 한껏 누려보길 바란다. 이 책이 선물하는 가장 느리고 다정한 고전 읽기는, 손끝으로 아로새기는 삶의 나침반이 되어 줄 것이다.

_**정여울** 작가, 『데미안 프로젝트』 저자

오롯이 나다워지는 필사의 시간
손끝에서 깨어나는 질문의 힘

바쁜 일상에서 잠시 멈춤,
가장 느리게 읽고 가장 깊게 머물기 위하여

'필사 열풍'이라는 말이 어색하지 않은 요즘입니다. 세대를 불문하고 많은 이들이 책을 읽고 손으로 옮겨 쓰는 즐거움에 푹 빠졌지요. 제가 본격적으로 필사를 시작한 7년 전만 해도 필사가 지금처럼 대중적이지는 않았습니다. 시중에 나와 있는 필사책도 주로 캘리그래피 용도였고요.

시간이 흐를수록 우리의 갈증은 다른 곳을 향하기 시작했습니다. 단순히 글씨를 정갈하게 쓰는 행위를 넘어, 좋은 글귀와 그 안에 담긴 지혜를 온전히 내 것으로 만들고 싶다는 열망이 강해졌지요. 엄지손가락만 까딱이면 쾌감을 안겨주는 짧고 자극적인 영상이 넘쳐나는 시대에, '세상에서 가장 느린 독서'인 필사를 찾는 분이 많아진 현상은 참으로 흥미롭습니다. 어쩌면 정신없이 돌아가는 일상 속에서 잠깐이라도 틈을 내어 나에게 집중하는 시간이 절실했던 건 아닐까요.

어떤 이유 때문이든, 삶의 속도를 늦추고 사색으로 이끄는 필사의 세계로 들어오신 여러분, 진심으로 환영합니다. 우리에겐 아주 오래전부터 나를 돌보고 내면을 채우는 시간, 오롯이 나만을 위한 시간이 필요했습니다.

고전의 숲을 함께 거닐 다정한 동행자

우리는 왜 고전을 읽을까요? 내 안에서 불쑥 솟아오르는 질문에 답하기 위해, 혹은 나도 몰랐던 질문을 찾고 더 좋은 질문을 던지기 위해, 결국 더 잘 살기 위해 고전을 찾는 게 아닐까요. 고전은 매일 쏟아지는 책더미 속에서도 꿋꿋하게 살아남는 끈질긴 생명력을 지녔습니다. 누구나 공감할 수 있는 보편성을 지니면서도 시대에 따라 새롭게 해석되는 고전은 본질을 꿰뚫어 보는 통찰이 절실한 지금 시대에 꼭 필요할 뿐만 아니라, 지적 허기를 채우기에도 안성맞춤이지요. 하지만 그 가치를 알면서도 선뜻 손이 가지 않습니다. 저 역시 마찬가지였어요. 방대한 배경지식이 필요하고 어휘도 낯설어 읽기 힘들다는 편견 때문이었지요.

글을 쓰는 사람으로서 책을 가까이해왔지만 때로는 의식적으로 책장을 뒤적이는 일이 고되게 느껴지기도 했습니다. 그래서 이왕 읽는 것, 내 마음을 건드리는 문장들을 수집해보자는 마음으로 매일 한 단락씩 베껴 쓰기 시작했어요. 필사 문장이 1,400여 개 모였을 무렵 생각지도 못한 제안을 받아 필사를 활

용한 글쓰기 노하우를 담은 『따라 쓰기만 해도 글이 좋아진다』를 출간했습니다. 책이 외면받는 시대임에도 전작이 큰 사랑을 받는 모습을 지켜보며, 필사와 글쓰기를 통해 삶의 중심을 잡고 싶어 하는 독자의 뜨거운 갈증을 확인했습니다.

필사책 후기 가운데 유독 마음에 남는 내용이 있었습니다. 좋은 글귀를 소개하는 데 그치지 않고 문장 해설과 작은 미션을 곁들이니 더욱 유익하다는 평이었습니다. 독자는 그저 문장을 따라 쓰는 행위를 넘어, 왜 그 문장이 내 삶에 울림을 주는지 골몰하고 싶어 했습니다. 결국 좋은 문장을 수집하고 옮겨 적는 행위에는 삶에 작더라도 긍정적인 변화가 찾아오길 바라는 기대가 담겨 있으니까요. 이 책은 그러한 기대에 답하고자 만들어졌습니다. 다만 정해진 답을 내어주는 대신, 질문을 던지는 길을 택했습니다.

오랜 시간 꾸준히 고전 시리즈를 펴내온 현대지성에서 '질문하는 힘을 길러주는 필사책'을 함께 만들어보자는 제안을 받았을 때, 반가운 마음 한편으로 망설임이 앞섰습니다. 과연 내가 고전의 깊이를 오롯이 전할 수 있을까 걱정되었기 때문입니다. 먼저 스스로 가장 잘할 수 있는 역할이 무엇인지 숙고해보았습니다.

책을 쓰기 전에 저는 방송 작가로 10년 넘게 일했습니다. 50분짜리 다큐멘터리 한 편을 완성하려면 그 50배에 달하는 촬영본을 살피고 편집해야 합니다. 방대한 자료 속에서 시청자에게 전할 핵심 메시지와 재미 요소를 가려내던 훈련은, 고전이라는 울창한 숲속에서 독자가 필사할 만한 '옥석'을 골라내는 일과 닮았습니다. 어렵게 느껴지는 고전을 쉬운 말로 풀어 친절히 설명하는 일, 그리고 글쓰기 코치로서 독자가 자신만의 통찰을 끌어내도록 돕는 일은 제가 가장 즐겁게 할 수 있는 역할이었습니다.

유명한 글귀를 나열한 책이 아니라, 매일 새로운 세계를 만나는 탐험 일지 같은 책을 만들고 싶었습니다. 책 한 권의 사유를 관통하는 정수와 감탄을 자아내는 아름다운 표현을 추려내기 위해 오랜 시간 공을 들였습니다. 출판사 역시 한마음으로 기다려주었지요. 문장을 세심히 살펴주신 편집자님께 특별히 감사의 말씀을 전합니다.

동서양의 철학, 문학, 과학, 정치, 경제 등 분야를 가리지 않고 2,500년의 세월을 버틴 고전부터 현대의 고전이라 불리는 작품까지, 인류 지성사의 빛나는 순간을 한 권에 담뿍 담았습니다. 저는 이 광대한 숲속으로 기꺼이 뛰어들기로 한 여러분의 다정한 동행자가 되려 합니다.

나에게서 출발해 더 깊어진 나에게로 돌아오는 여정

이 책을 준비하며 크게 세 가지 질문을 세웠습니다. 나는 누구일까? 세상은 어떻게 움직일까? 그렇다면 어떻게 살아야 할까? 그래서 나를 출발점으로 삼아 너른 세계를 탐험하고, 다시 더욱 단단해진 나에게로 돌아오는 여정을 준비했습니다. 하루에 한 장씩 나의 내면을 들여다보며 마음의 힘을 기르고, 무너진 삶을 회

복하며, 타인과 함께하는 더 나은 세상을 꿈꾼 뒤, 마침내 더 고유해진 나를 마주하도록 구성했어요.

이 책이 고전은 어렵다는 편견과 두려움을 가뿐히 뛰어넘게 해줄 디딤돌이 되길 바랍니다. 필사와 고전의 매력을 혼자만 알고 있기에는 너무 아까우니까요.

매일 숙제처럼 하지 않아도 괜찮습니다. 질문에 답하며 멋진 문장을 써야 할 필요도 없고요. 고전의 문장을 천천히 음미하며 나만을 위한 시간을 가져보세요. 따라 쓰는 삶은 어느새 질문하는 삶으로 확장되어 있을 겁니다. 단순히 글씨를 베껴 쓰는 노동이 아니라, 내 생각을 조금 더 깊숙이 들여다보고 나만의 언어로 표현해보는 기쁨, 필사의 진가를 맛보게 되시길 바랍니다.

필사의 지평을 넓히는 사소하지만 다정한 기술

본문은 필사 문장과 해설, 질문, 해시태그를 적어 넣는 공간으로 구성했습니다. 책 전체를 읽지 않아도 문맥을 파악할 수 있도록 필사 구절을 여유 있게 추리고 친절한 해설을 보탰습니다. 문장이 길게 느껴지면 마음을 울리는 부분만 필사해도 괜찮습니다. 다음으로 고전의 지혜를 내 삶으로 가져오는 질문을 곳곳에 심어놓았습니다. 필사를 마친 뒤 질문에 답을 써 내려가다 보면, 방금 필사한 문장이 나에게 새로이 말을 걸어오는 경험을 하게 될 거예요.

마지막으로 오늘 필사한 글귀에서 나만의 해시태그(#) 키워드

5개를 뽑아보세요. 거창하지 않아도 좋습니다. #나의데미안은누구인가 #내인생의마지막문장처럼 나의 생각이나 질문을 담은 키워드면 충분합니다. 오늘 쓴 문장을 SNS에 공유한다면 어떤 태그를 붙일지 고심하는 과정 자체가 훌륭한 생각 훈련이자 아웃풋이 됩니다. 고전을 한 번 더 곱씹고 요약하는 독후 활동이죠. 해시태그까지 적고 나면, 그날의 생각이 더 또렷해질 거예요. 그동안 쌓아온 저의 필사스타그램(@writer_geulbab)을 소개합니다. 누군가와 나누고 싶다면 그 기록을 사진으로 찍어 세상과 공유해도 좋습니다.

세상은 빠르고 소란하지만, 펜을 든 순간만큼은 오직 나와 문장만이 존재합니다. 고전의 숲에서 길어 올린 문장들이 당신의 손끝에서 다시 태어날 차례입니다. 타인의 목소리가 아닌 내 안에서 솟아오르는 진실에 귀를 기울여보세요. 마지막 책장을 덮을 때쯤, 당신은 어제보다 조금 더 단단하고 따뜻하며 나다운 모습이 되어 있을 것입니다.

자, 이제 숨을 고르고 나를 찾아 떠나는 첫 번째 문장을 따라 써볼까요?

3장　나에게서 시작하는 여정

2부　✳　삶의 회복

흔들리는 삶에서 중심을 잡다

1장　폭풍우 치는 밤에

4장 일상을 가꾸는 태도

내 안에서 절로 솟아나는 것,

오직 그대로 나는 살아보려 했다.

왜 그것이 그토록 어려웠을까?

— 헤르만 헤세,『데미안』중에서

1부
자기 탐구

잃어버린 나를
되찾는 시간

오늘 하루도 스스로를 먹이고 입히느라 애쓰셨습니다. 그런데 분주하게 움직이는 사이, 정작 '나는 어떤 사람인지', '어떤 삶을 살고 싶은지' 돌아볼 시간은 자꾸만 뒤로 밀려나고 있지 않은가요?

고전은 아주 오래전부터 이 막막한 질문에 매달려온 기록입니다. 1부에서는 지금까지 나를 만들어온 생각과 감정들을 하나씩 꺼내보겠습니다. 우리 내면을 깨우는 목소리부터 나를 구성하는 요소들, 의심을 통해 존재를 증명하는 사유의 힘, 그리고 나만의 길을 걸을 용기를 차례로 마주하려 합니다.

우리는 질문을 던지고 답을 찾아가는 과정에서 깊어집니다. 스스로에게 조금 더 솔직해질 수 있도록, 내게 필요한 질문을 발굴할 힘을 기를 수 있도록 고전이라는 울창한 숲속으로 함께 들어가봅니다. 지금의 나를 서둘러 판단하거나 자책하지 않아도 괜찮습니다. 그저 '나는 누구인가'라는 물음 앞에 잠시 머무는 것만으로도 충분합니다.

## 1장

내 안의
목소리에
귀 기울이기

"태어나는 것은 언제나 힘겨운 일이에요. 새가 알에서 나오려고 발버둥 치다는 걸 당신도 잘 알잖아요. 한번 되돌아보세요. 그 길이 정말 그토록 힘겹기만 했나요? 오로지 힘겹기만 했어요? 아름답기도 하지 않던가요? 그보다 더 아름답고 쉬운 길을 알고 있었나요?"

나는 고개를 저었다.

"힘겨웠어요." 나는 마치 잠결에 말하듯 대답했다.

"참 힘겨웠어요, 꿈이 찾아올 때까지는요."

그녀는 고개를 끄덕이며 나를 꿰뚫어 보듯 바라보았다.

"그래요. 누구나 자신의 꿈을 찾아야 해요. 그러면 길이 수월해지지요. 하지만 영원한 꿈은 없어요. 어떤 꿈이든 새로운 꿈에게 자리를 내어주기 마련이니까요. 그러니 어떤 꿈도 붙잡아두려 해서는 안 돼요."

• • • "새는 알에서 나오려고 투쟁한다. 알은 세계다. 태어나려는 자는 한 세계를 파괴해야만 한다." 강렬한 선언으로 우리를 깨우는 소설 『데미안』입니다. 안온한 가정의 울타리 속에서 살아가던 소년 싱클레어는 데미안을 만나며 지금껏 머물던 세계에 의심을 품게 됩니다. 비로소 '진정한 나'라는 미지의 세계로 첫발을 내딛은 그에게, 데미안의 어머니 에바 부인은 말합니다. 껍질을 깨고 나오는 투쟁을 멈추지 말라고요.

당연하다고 믿어온 세계가 무너진 순간이 있었나요?

그 경험은 당신을 어떻게 바꾸어놓았나요?

나만의 해시태그 # #
# #
#

'집에 있을 때가 훨씬 더 좋았어.' 가엾은 앨리스는 생각했다.

'몸이 커졌다 작아졌다 하지도 않았고, 생쥐나 토끼한테 이래라저래라 지시받을 일도 없었잖아. 토끼 굴로 따라 들어오지 말걸 그랬나 봐. 하지만… 하지만 이런 삶도 꽤 재밌단 말이야! 나한테 도대체 무슨 일이 일어난 걸까? 예전에 동화책을 읽을 때는 이런 일이 현실에서는 절대 일어날 수 없을 거라고 생각했는데, 지금 내가 바로 그런 동화 한가운데 있잖아! 내 이야기를 쓴 책도 하나쯤 있어야 해. 정말 그래야 한다고!'

••• 깜박 잠이 든 사이, 꼬마 앨리스는 시계를 보는 토끼를 따라 '이상한 나라'로 빨려 들어갑니다. 그곳에서 몸이 커졌다 작아지기를 반복하며 예상치 못한 사건을 겪게 되지요. 우리의 삶도 이처럼 예기치 않은 방향으로 흘러가곤 합니다. 당신은 익숙한 일상에 만족하나요, 때로는 모험을 꿈꾸나요?

나만의 해시태그   #   #

               #   #

               #

지금 저는 행복하지도 불행하지도 않습니다.

그저 모든 것은 지나갑니다.

제가 이른바 '인간' 세상에서 단 하나, 진리처럼 생각되는 것은, 그것뿐이었습니다.

그저 모든 것은 지나갑니다.

저는 올해 스물일곱 살이 됩니다. 흰머리가 눈에 띄게 늘어서, 대부분의 사람들은 마흔이 넘은 나이로 봅니다.

이호철 옮김, 열림원, 2023년, 155–156쪽

• • • 요조는 서로 속고 속이며 살아가는 인간을 이해하지 못했고, 그래서 세상이 두려웠습니다. 그런 자신을 겁쟁이라 부르며 상처 투성이인 인생을 견뎌냈지요. 광대처럼 타인의 비위를 맞추는 스스로를 혐오하며 마침내 자신을 '인간 실격'이라 낙인찍습니다. "모든 것은 지나간다"는 진리, 그것 하나만은 그에게 위안이 되었는지도 모르겠습니다.

나만의 해시태그　　#　　　　　　　　#

　　　　　　　　　　　　#　　　　　　　　#

　　　　　　　　　　　　#

나는 이중적인 사람이긴 하지만 결코 위선자는 아니었다. 나의 양면은 둘 다 매우 진지했다. 자제심을 팽개치고 부끄러움 속으로 뛰어드는 나는, 대낮의 밝은 빛 속에서 지식을 쌓거나 사람들의 슬픔과 고통을 줄여주기 위해 열심히 노력하는 나와 다를 바 없었다. 둘 다 나 자신이었다. 그 와중에 신비하고 초월적인 영역으로 나아가던 연구는 내 안의 이중적인 요소 사이에 일어나는 끊임없는 싸움이라는 문제를 제대로 인식하게 해주었다. 나는 날마다 내 지성의 양면인 도덕적인 면과 지적인 면에서 꾸준히 진리에 접근했는데, 그 진리의 일부를 발견한 결과 끔찍한 파멸을 맞이할 운명에 처하고 말았다. 그 진리란 인간이 하나가 아니라 둘이라는 사실이다.

서창렬 옮김, 현대지성, 2024년, 298쪽

• • •　이 작품은 선과 악, 인간의 양면성을 분리하려 시도했던 지킬 박사가 자신 안의 사악한 자아인 하이드에게 잠식당하는 비극을 그립니다. 지킬은 도덕적이고 사회적으로 존경받는 학자였지만 억눌린 욕망과 파멸적인 충동을 품고 있었죠. 그는 하이드를 자신의 일부로 받아들이는 대신 완전히 떼어내려 합니다. 이 선택은 도리어 억압된 욕망과 위선을 폭발시키는 계기가 되고, 끝내 하이드를 통제하지 못하는 지경에 이릅니다.

나만의 해시태그　　#　　　　　　　#
　　#　　　　　　　#
　　#

꿈은 의미 없이 부조리한 것도 아니며, 풍부한 우리 표상들의 일부가 잠자는 동안 다른 일부가 깨어나기 시작해야 가능한 것도 아니다. 그것은 완벽한 심리적 현상이며, 정확히 말해 소원 성취다.

김인순 옮김, 열린책들, 2020년, 163쪽

●●● 정신분석학의 문을 연 프로이트는 이 책에 꿈의 본질과 기능을 분석한 이론을 담았습니다. 그는 꿈을 '억압된 소원의 위장된 성취'라고 해석했습니다. 꿈을 인간의 무의식과 억압된 욕망을 탐구하는 과학적인 도구로 활용할 수 있다고 본 것이죠.

나만의 해시태그 # #
# #
#

한 걸음 더

싱클레어에게 더 넓은 세상의 존재를 알려준 **데미안**

순수한 호기심과 모험 정신으로 가득한 **앨리스**

인간에 대한 신뢰를 잃고 매일 연기하며 살아가는 **요조**

자신 속의 악을 인정하지 못하고 괴로워하는 **지킬 박사**

이 중 지금의 당신과 가장 닮은 사람은 누구인가요?

다시 질문을 던지기 위하여

이 진리 나는 생각한다, 그러므로 나는 존재한다는 아주 견고하고 확실해서 회의주의자들의 매우 과장된 모든 가설도 이 진리를 흔들리게 할 수 없다는 것에 주목하면서, 나는 이것을 내가 찾던 철학의 제일원리로 주저 없이 받아들일 수 있다고 판단했다.

그리고 내가 무엇이었는지를 주의 깊게 검토하면서 내가 육체를 전혀 가지지 않고 머물고 있는 장소도 없는 것처럼 생각할 수는 있었지만 그렇다고 내가 아무것도 아닌 것처럼 생각할 수는 없었다는 것을, 그리고 내가 생각하기를 멈추기만 했다면 비록 그때까지 상상해온 모든 나머지가 참이었다고 하더라도 나는 내가 존재했다고 믿을 어떤 근거도 가지지 않았던 반면에, 내가 다른 것들에 대한 진리를 의심하려 생각했다는 것으로부터 내가 존재했다는 것이 아주 명백하고 확실하게 도출됐다는 것을 보면서, 나는 이것으로부터 내가 모든 본질 내지는 본성이 생각하는 것일 뿐이며 존재하려고 어떤 장소도 필요로 하지 않고 물질적 사물에 의존하지 않는 하나의 실체라는 것을 알았다.

이재훈 옮김, 휴머니스트, 2024년, 81–83쪽

●●●　“나는 생각한다, 그러므로 나는 존재한다.” 데카르트의 이 명제는 철저한 의심에서 태어났습니다. 관습과 권위에 도전하며 모든 것을 의심하던 그는 깨달았습니다. 지금 이 순간 ‘의심하고 있는 나’의 존재만은 결코 부정할 수 없다는 것을요. 이 깨달음은 인간을 세상의 답에 기대지 않는 ‘생각하는 주체’로 세웠습니다. 사유를 멈추지 않는 한, 어떤 파도도 나를 흔들 수 없습니다.

지금까지 별다른 의심 없이 받아들여온 생각 하나를 적어보세요.

그 생각이 정말 당신 것인가요?

당신은 지금 생각의 주인으로 살고 있나요?

나만의 해시태그
#
#
#
#
#

## 007

찰스 로버트 다윈
『종의 기원』

온갖 식물이 무성하게 자라나는 엉킨 둑, 덤불 위에서는 새들이 노래하고, 여러 곤충이 분주히 날아다니며, 축축한 흙 속에서는 지렁이들이 꿈틀거리는 장면을 가만히 바라보는 일은 참으로 흥미롭다. 서로 이토록 다르면서도, 극히 복잡한 방식으로 얽혀 서로에게 의존하는 이 정교한 존재들이 모두 우리 주위에서 작동하는 자연의 법칙들에 의해 만들어졌다는 사실을 곱씹는 일 또한 그러하다. (…) 이 생명관에는 어떤 숭고함이 깃들어 있다. 생명이 지닌 여러 힘이 처음에는 소수의 형상 혹은 단 하나의 형상에 불어넣어졌고, 이 행성이 중력이라는 확고한 법칙에 따라 회전하는 동안, 그토록 단순한 시작으로부터 가장 아름답고도 경이로운 존재들이 태어나고, 지금 이 순간에도 진화하고 있다는 관점 속에 말이다.

●●● 과학사상 가장 아름다운 문장으로 꼽히는 『종의 기원』의 마지막 단락입니다. 현대 생물학의 뿌리인 다윈은 인간을 아주 단순한 시작점에서 출발해 수억 년간 진화해온 경이로운 존재로 정의했습니다. 나 자신이 수억 년 동안 이어진 생존의 사슬 끝에 자리한 놀라운 결과물이라는 사실을 떠올려보세요. 타인의 시선이나 평가에서 벗어나 본연의 생명력을 회복할 용기가 생길지도 모릅니다.

스스로가 거대한 우주의 일부라는 감각을 느껴본 적이 있나요?
오늘 하루, 나를 옥죄던 타인의 시선이나 평가를 내려놓는다면
가장 먼저 무엇을 해보고 싶나요?

나만의 해시태그   #   #
#   #
#

## 008

플라톤
『소크라테스의 변명』

우리 두 사람 모두 대단하고 고상한 무엇에 관해 아는 것이 전혀 없는 것은 동일하다. 하지만 그는 아무것도 모르면서도 자기가 무엇인가를 안다고 착각하는 반면에, 나는 그와 마찬가지로 아무것도 모르지만 내가 무엇인가를 안다고 착각하지는 않는 것을 보니, 내가 그 사람보다 더 지혜롭기는 하구나. 나는 내가 알지 못하는 것을 안다고 착각하고 있지는 않기 때문에, 적어도 이 작은 것 한 가지에서는 내가 그 사람보다 더 지혜로운 것 같아 보이는군.

『소크라테스의 변명·크리톤·파이돈·향연』, 박문재 옮김, 현대지성, 2019년, 19–20쪽

●●● 플라톤은 스승 소크라테스의 철학을 대화 형식으로 담아낸 '대화편'을 남겼습니다. 그중 하나인 이 작품에서 소크라테스는 사형 선고를 앞두고 법정에서 최후의 변론을 펼칩니다. 그는 '국가가 인정한 신을 부정한다', '궤변으로 젊은이들을 타락시킨다'는 이유로 고발당했지만, 실제로는 대화를 통해 당대 지식인들의 무지를 드러내어 반감을 산 탓이었죠. 소크라테스는 지혜롭다고 자부하는 이들과 대화하며 깨달았습니다. 지혜란 화려한 수사나 방대한 지식이 아니라 자신의 한계를 정직하게 인정하는 '무지의 자각'에서 시작된다는 사실을 말입니다.

모른다는 사실을 들키지 않으려고,
혹은 호감을 사고 싶어서 고개를 끄덕인 적이 있나요?
정직하지 못했던 순간들을 이곳에 조용히 내려놔보세요.

나만의 해시태그　　　#　　　　　　　　　#
　　　　　　　　　　　　#　　　　　　　　　#
　　　　　　　　　　　　#

## 009

벤저민 프랭클린
『벤저민 프랭클린 자서전』

어쩌면 우리의 천성에서 '자만심'만큼 억누르기 힘든 것도 없을 테다. 자만심은 감추고 억누르더라도, 조롱하고 모욕하더라도 쉽게 사라지지 않는다. 조금의 틈새라도 있으면 그 틈새로 빠져나와 얼굴을 들이민다.

강주헌 옮김, 현대지성, 2022년, 167쪽

●●● 100달러 지폐에 새겨진 미 건국의 아버지 벤저민 프랭클린은 과학자, 발명가, 정치가로서 시민사회에 수많은 업적을 남겼습니다. 그는 20대 시절부터 '13가지 덕목'을 정해 절제, 근면, 성실 등을 매일 점검하며 스스로를 단련했습니다. 그중에서도 가장 중시한 덕목은 '겸손'이었습니다. 그는 자만심을 다스리고 겸손한 태도를 갖추는 것이 타인의 마음을 얻고 세상을 변화시키는 가장 강력한 태도임을 담담하게 고백합니다.

불쑥 고개를 드는 자만심처럼, 고치기 힘든 습관이나 태도가 있나요?

반대로 꼭 지키고 싶은 덕목이 있다면 무엇인가요?

나만의 해시태그　　　#　　　　　　　　　　#

　　　　　　　　　　　#　　　　　　　　　　#

　　　　　　　　　　　#

## 010

윌리엄 셰익스피어
『햄릿』

사느냐, 죽느냐, 그것이 문제로다.

가혹한 운명이 쏘아대는 화살과 돌팔매를

마음속으로 견디는 것이 더 고귀한가,

아니면 고통의 바다에 맞서

끝을 내는 것이 더 고귀한가? 죽는 것은 잠드는 것,

그뿐이다. 잠들어 가슴을 짓누르던 번뇌와

육체가 감당해온 수천 가지 고통을

모두 끝낸다면, 누구나 간절히 바랄

결말이 아니겠는가. 죽는 것은 잠드는 것,

잠이 든다면 어쩌면 꿈도 꾸겠지.

아, 그것이 걸림돌이로구나.

이 필멸의 몸을 벗어던진 뒤

죽음의 잠 속에 어떤 꿈이 찾아올지,

그 생각이 우리를 멈춰 세우는구나.

●●● "사느냐, 죽느냐, 그것이 문제로다." 인류 역사상 가장 유명한 이 질문에는 삶과 죽음 그리고 결단과 망설임 사이에서 표류하는 인간의 근원적 고뇌가 고스란히 담겨 있습니다. 그는 아버지의 복수를 위해 삼촌의 목숨을 빼앗아야 하는 운명 앞에서 갈등하며, 삶을 포기해 고통을 끝내고 싶은 유혹에 흔들립니다. 그러나 자신의 선택이 불러올 무게 앞에 거듭 망설이죠.

결정을 내리지 못하고 미뤄둔 선택이 있나요?

당신을 망설이게 만드는 감정의 정체는 무엇인가요?

나만의 해시태그 #   #
                   #   #
                   #

허먼 멜빌
『모비 딕』

이봐, 눈에 보이는 대상은 모두 판지로 만든 가면 같은 거야. 하지만 어떤 경우든, 특히 의심할 여지가 없는 진정한 행위 속에서 분명히 알 수는 없지만 그 비합리적인 가면 뒤에 있던 합리적인 것이 모습을 드러내지. 무언가를 치려고 하면 바로 그 가면을 쳐야 하네. 죄수가 감방 벽을 부수지 않으면 어떻게 밖으로 나올 수 있겠나? 나에게는 흰 고래가 바로 그런 벽일세.

이종인 옮김, 현대지성, 2022년, 220쪽

● ● ● 포경선 피쿼드호의 선장 에이해브는 과거에 흰 고래 '모비 딕'을 좇다가 한쪽 다리를 잃었습니다. 그 후 그는 광적인 복수심에 사로잡혀 평생을 모비 딕을 추적하는 데 바칩니다. 마치 삶의 이유가 오직 그것뿐이라는 듯 말이죠. 에이해브에게 모비 딕은 어떤 의미였을까요? 그에게 흰 고래는 자신을 가로막는 벽이자 그 너머의 진실을 마주하기 위해 반드시 깨뜨려야 할 가면이었을지도 모릅니다.

나만의 해시태그　　#　　　　　　#

#　　　　　　#

#

블레즈 파스칼
『팡세』

우리는 무한이 존재함을 알고 있지만 그 본질은 모르고 있다. 수는 유한하다는 것이 잘못인 줄 안다면 수는 무한하다는 것이 진실인 줄 아는 것과 마찬가지이다. 그러나 우리는 그 무한이 어떤 것인 줄을 모른다. 그것이 우수偶數라 함도 잘못이요, 기수奇數라 함도 또한 잘못이다. 왜냐하면 거기에다 하나를 더해도 그것의 본질은 변하지 않으니 말이다. 그럼에도 그것은 수이며 모든 수는 짝수가 아니면 홀수다(이것은 모든 유한수에 관한 한 진실이다). 그와 같이 신이 무엇인지는 모르더라도 신이 존재함은 충분히 알 수 있다.

하동훈 옮김, 문예출판사, 2009년, 123쪽

●●● 흔히 양립할 수 없다고 여기는 과학과 종교를 하나로 아우르려 한 인물이 있습니다. 세계 최초의 계산기를 발명한 천재 수학자이자 물리학자, 사상가인 블레즈 파스칼입니다. 그는 수학적 확률론으로 신의 존재를 증명하려 했죠. 파스칼은 인간을 '생각하는 갈대'라 정의했습니다. 우주에 비하면 한없이 연약한 비참한 존재지만, 그 비참함을 깨달을 수 있는 위대한 존재라는 뜻이죠. 파스칼은 이성의 한계를 신앙으로 극복하려 했습니다. 꼭 종교적 믿음이 아니더라도 나의 한계를 인식할 때, 우리의 시야는 나를 넘어 더 넓은 세계로 확장되기 시작합니다.

나만의 해시태그　　#　　　　　　　　　#

　　　　　　　　　　　　#　　　　　　　　　#

　　　　　　　　　　　　#

에라스무스
『우신예찬』

사람들은 속는 것이 불행한 일이라고 말하지만, 사실은 속지 않는 것이 훨씬 더 불행한 일입니다. 인간의 행복이 진실을 아는 데 있다고 생각하면 엄청난 착각입니다. 행복은 어떻게 생각하느냐에 달려 있습니다. 인간사는 아주 모호하고 천차만별인지라 철학자들 중에 가장 덜 오만한 우리 아카데미아 학파 사람들이 올바르게 말했듯이, 확실히 알 수 있는 것은 아무것도 없기 때문입니다. 설령 알 수 있다 해도 그로 인해 인생의 즐거움을 방해받는 일이 비일비재합니다.

박문재 옮김, 현대지성, 2022년, 138쪽

••• 종교의 권위와 르네상스의 인본주의가 교차하던 시대, 에라스무스는 '어리석음의 신' 우신(愚神)을 화자로 내세워 인간 사회의 위선과 오만을 익살스럽게 풍자했습니다. 우신은 인간이 확실히 알 수 있는 것은 아무것도 없으며, 진실이 인생의 즐거움을 방해한다고 말합니다. 그렇다면 우리는 스스로를 속이며 살아야 할까요? 에라스무스가 말하고자 한 것은 자신의 지혜를 과신하지 말라는 경고에 가깝습니다. 인간의 인식에 한계가 있음을 인정할 때, 우리는 타인과 나 자신, 삶의 모호함에도 조금 더 너그러워질 수 있습니다.

완벽해야 한다는 압박감이나 어리석다는 자책에 괴로워한 적이 있나요?

가끔은 나에게 적당히 넘어가주는 관용을 베풀어볼까요?

나만의 해시태그　　#　　　　　　　　#

　　　　　　　　　　　　#　　　　　　　　#

　　　　　　　　　　　　#

본질에 닿기 위해 모든 것을 의심하는 **데카르트**의 '사유'

자신의 무지를 직시함으로써 얻는 **소크라테스**의 '지혜'

매일의 삶을 엄격히 규율하고 되돌아보는 **프랭클린**의 '겸손'

생의 전부를 걸고 목표를 향해 돌진하는 **에이해브**의 '집념'

단 하나의 능력만 가질 수 있다면, 무엇을 선택하고 싶은가요?

3장

나에게서 시작하는 여정

## 014

랄프 왈도 에머슨
『자기 신뢰』

각 개인에게는 음유시인이나 현자들에게서 나오는 하늘을 가로지르는 불빛보다 자기 마음속에서 샘솟는 한 줄기 빛이 더 중요하다. 하지만 사람들은 그것이 자기에게서 나왔다는 이유만으로 그 생각을 별로 주목하지 않고 그냥 무시해버린다.

이종인 옮김, 현대지성, 2021년, 14쪽

● ● ● '콩코드의 현자'라 불리는 19세기 미국의 철학자 에머슨은 『월든』의 저자 소로의 정신적 스승이기도 합니다. 그는 세상의 여론에 따라 살아가기는 쉽지만, 고독 속에서 정신적 독립을 지키는 일이야말로 힘겨운 만큼 품위 있는 삶이라고 말합니다. 또한 우리가 타인의 목소리에는 귀를 기울이면서도, 정작 자신의 내면에서 번뜩이는 직관은 너무 쉽게 무시한다고 지적하지요.

무언가를 결정할 때 나보다 주변을 먼저 살피지는 않나요?

나 자신의 목소리에 집중한다면 어떤 선택을 하고 싶나요?

나만의 해시태그　　　#　　　　　　　　　　　#

　　　　　　　　　　　#　　　　　　　　　　　#

　　　　　　　　　　　#

## 015

헨리 데이비드 소로
『월든』

나는 의도적인 삶을 살고 싶었으므로 숲속으로 들어갔다. 삶의 본질적인 사실을 직면하고, 삶이 내게 가르쳐주는 것을 배울 수 있을지를 살폈다. 죽을 때가 되어서야 내가 온전한 삶을 살지 못했음을 자각하고 싶진 않았기 때문이다. 삶은 너무나 소중한 것이기에 나는 삶이 아닌 것은 살고 싶지 않았다. 나는 불가피하지 않는 한, 이런 목표를 단념하고 싶지 않았다. 나는 깊이 있게 살면서 인생의 골수를 모두 빨아먹고 싶었고, 삶이 아닌 것은 모두 쫓아내 버릴 정도로 강건하게 스파르타인처럼 살고 싶었다. 삶을 넓게 바싹 베어내면서 구석으로 몰아붙여 삶의 가장 밑바닥 조건이 무엇인지 알고 싶었다.

『월든·시민 불복종』, 이종인 옮김, 현대지성, 2021년, 121쪽

••• 산업화의 물결이 거세지던 19세기 중반, 소로는 문명사회에서 벗어나 콩코드 월든 호숫가의 한적한 숲속으로 들어갔습니다. 그는 자신의 손으로 직접 작은 오두막을 짓고, 2년 2개월 동안 자연에서 생존에 필요한 최소한의 것들을 얻으며 간소하게 살았죠. 남들이 정해놓은 속도에 휩쓸려 가는 것은 소로에게 '삶이 아닌 것'이었습니다. 그는 인생의 가장 밑바닥에 있는 조건을 직면함으로써 진정한 삶의 본질이 무엇인지 찾고자 했습니다.

나만의 해시태그 # #
# #
#

## 016

라이너 마리아 릴케
『젊은 시인에게 보내는 편지』

길은 오직 하나뿐입니다. 자기 자신 안으로 들어가세요. 당신에게 글을 쓰게끔 명하는 그 근원을 탐구하세요. 그것이 당신의 마음 가장 깊은 곳에 뿌리내리고 있는지 확인하세요. 글쓰기가 허락되지 않는다면 차라리 죽음을 택할 것인지 스스로에게 물어보세요.

무엇보다 가장 고요한 한밤중에 자문해보세요. "나는 써야만 하는가?" 당신의 내면을 뒤져 그 심오한 답을 찾아내세요. 그 대답이 긍정이라면, 이 엄중한 질문에 "그래야만 한다"라고 단호하고 명징하게 답할 수 있다면, 이제 당신의 삶을 그 필연성 위에 세우세요. 당신의 삶은 가장 사소하고 보잘것없는 순간까지도 그 거부할 수 없는 충동을 드러내는 징표이자 증거가 되어야 합니다.

••• 릴케는 시인을 꿈꾸던 한 청년의 편지에 이토록 절절한 답장을 띄웠습니다. 그는 자꾸만 외부의 평가를 신경 쓰는 청년에게 바깥을 내다보지 말고 자기 자신을 들여다보라고 조언합니다. 가장 깊은 곳에서 솟구쳐 나오는 목소리를, 글을 쓰지 않고는 견딜 수 없게 만드는 그 내면의 충동을 외면하지 말라고 말이지요. 이후 둘의 서신 교환은 7년 동안 이어졌습니다. 어쩌면 릴케는 스스로도 '젊은 시인'이었던 자기 자신을 다독이는 말을 편지로 부쳤는지도 모릅니다.

나만의 해시태그   #   #
                       #   #
                       #

## 017

프리드리히 니체
『차라투스트라는 이렇게 말했다』

인간은 극복되어야 하는 무엇이다. 그대들은 인간을 극복하기 위해 무엇을 했는가?

지금껏 모든 존재는 자신을 넘어서는 무언가를 창조해왔다. 그런데 그대들은 이 거대한 밀물의 썰물이 되려 하는가? 인간을 극복하기보다 차라리 짐승으로 되돌아가려는가?

••• 니체는 인간 정신이 성숙하는 과정을 세 단계로 비유합니다. 타인의 기대라는 무거운 짐을 진 채 순응하는 '낙타', 기존의 가치를 거부하며 자유를 추구하는 '사자', 고정관념에서 벗어나 삶 자체를 유희하며 새로운 가치를 창조하는 '어린아이'인데요. 그는 우리가 과거의 자신을 극복하고 매 순간 새로운 존재로 거듭날 때 마침내 삶의 주인인 초인(超人)이 될 수 있다고 설파합니다.

지금 나는 낙타, 사자, 어린아이 중 어떤 모습에 가장 가깝나요?

해야 하는 일이 아니라 하고 싶은 일을 실천한다면,

오늘 하루를 더 즐겁게 유희할 수 있을까요?

나만의 해시태그   #   #

#   #

#

## 018

미르치아 엘리아데
『성과 속』

성스러운 공간의 계시는 인간에게 고정점을 부여하고, 그리하여 혼돈된 균질성 가운데서 방향성을 획득하며 '세계를 발견하고' 진정한 의미에서 삶을 획득하게 된다. 이에 반하여 속된 경험은 공간의 균질성과 상대성에 머문다. 이 경우에는, 고정점이 더 이상 유일한 존재론적인 지위를 가지고 있지 않기 때문에 어떤 참된 방향성도 불가능하다. 즉 그것은 그날 그날의 요구에 따라 나타나기도 하고 사라지기도 한다. 정확히 말한다면, 거기에는 어떤 세계도 더 이상 존재하지 않으며, 단지 흩어진 우주의 단편들, 무한히 많은 다소 중성적인 장소의 무형태적인 집적에 지나지 않는 것이다. 이 속에서 인간은 산업 사회의 편입된 존재로서의 의무에 의해 움직이고 지배당하고 조종받는다.

이은봉 옮김, 한길사, 1998년, 157쪽

••• 종교학자 엘리아데는 본래 '종교적'이었던 고대의 인간이 근대로 접어들며 스스로를 '탈신성화'한 데서 실존의 비극이 시작되었다고 분석합니다. 그는 우리 삶을 무의미하게 반복되는 '속(俗)'과 삶의 의미와 방향을 되찾아주는 '성(聖)'으로 구분하는데요. 분주한 일상에 매몰되지 않으려면, 반드시 종교적인 장소가 아니더라도 흔들리는 마음을 다잡을 '고정점'이 필요합니다.

분주한 일상에서 평화를 되찾아주는 나만의 고정점이 있나요?

거기서 드러나는 내 삶의 핵심 가치는 무엇인가요?

나만의 해시태그

\#   \#

\#   \#

\#

## 019

헤르만 헤세
『싯다르타』

따라서 내가 보기에 존재하는 모든 것은 선하고, 삶은 죽음과 같은 것이고, 죄는 성스러움과 같은 것이며, 현명함은 우둔함과 같은 것이야. 모든 것이 다 그래. 모든 것이 나의 동의, 나의 허락, 나의 사랑스러운 이해를 필요로 하지. 그러니 모든 것이 나에게 선으로 느껴지고 나에게 해를 끼칠 수 없는 거야. 나는 내 몸과 영혼으로 깨달았어. 나는 죄를 필요로 했고, 욕정을 필요로 했고, 재물에 대한 탐욕을 필요로 했고, 공허함과 치욕스럽기 이를 데 없는 절망을 필요로 했어. 저항을 포기하고 세상을 사랑하기 위해서. 세상을 내가 원하고 내가 상상하는 세상과, 혹은 내가 생각한 방식의 완전함과 비교하기 위해서가 아니라, 세상을 있는 그대로 놓아두고, 세상을 사랑하고, 그 세상에 소속되어 살아가기 위해서.

김길웅 옮김, 열림원, 2023년, 213-214쪽

●●● 브라만 계급에서 성장한 싯다르타는, 자신을 제대로 알기 위해 사문(고행을 자처하는 수행자)의 길을 택합니다. 기생을 만나 사랑에 빠지기도 하고 상인 밑에서 큰 부를 쌓기도 했지요. 하지만 모든 경험 끝에 남은 것은 허무함뿐이었습니다. 절망 끝에서 스스로 삶을 저버리려던 순간, 그는 강물 소리를 듣고 깨닫습니다. 진리란 머릿속으로 그려낸 완벽함이 아니라 흐르는 강물처럼 선과 악, 기쁨과 고통이 뒤섞인 자신의 모든 모습을 있는 그대로 긍정하는 것임을 말입니다.

내게 주어진 세상을 온전히 사랑하고 있나요?

나의 삶을 미리 정해둔 '정답'에 맞추려 애쓰고 있지는 않나요?

나만의 해시태그   #   #

#   #

#

인위적 구속에서 벗어나 자급자족하는 삶의 참맛을 발견한 **소로**

세상의 평가가 아닌 내면의 목소리에 귀를 기울인 **릴케**

관습의 노예가 되기를 거부하며 스스로를 극복해나간 **차라투스트라**

흐르는 강물처럼 매 순간 변화를 긍정한 **싯다르타**

세상이 정해준 길 대신 자신이 선택한 길을

꿋꿋이 걸어가는 이들은 당신에게 어떤 영감을 주나요?

조금 더 깊이

1부에서 가장 인상 깊었던 구절과 질문을 적어보세요.

그 이유는 무엇인가요?

겨울의 한복판에서, 나는 마침내
내 안에 결코 굴복하지 않는
여름이 있다는 것을 깨달았다.

— 알베르 카뮈, 『여름』 중에서

흔들리는 삶에서 중심을 잡다

"살아야 할 이유를 가진 사람은 어떠한 방식으로든 견딜 수 있다." 철학자 니체는 말했습니다. 극한의 고난 속에서 인간의 존엄성을 증명한 빅터 프랭클이 평생을 바쳐 실증한 문장이기도 합니다.

삶은 때때로 우리를 거센 풍랑 속으로 밀어 넣습니다. 예상치 못한 실패, 깊은 상실감, 불현듯 찾아오는 불안 앞에 우리는 길을 잃고 휘청이곤 합니다. 나의 평범한 일상을 지켜내는 일조차 버거운 순간, 타인의 삶이 유독 견고해 보여 스스로가 한없이 작게 느껴지기도 하지요.

1부에서 '나는 누구인가'라는 질문을 던졌다면, 2부에서는 휘청이는 삶을 어떻게 일으켜 세울 것인가를 고민해봅니다. 죽음의 문턱에서 삶의 의지를 다진 이부터, 고독을 성찰의 시간으로 바꾼 인물들, 무너진 일상을 다시 쌓아 올리며 삶의 의미를 찾아낸 이들의 목소리를 담았습니다.

휘청거리는 자신을 너무 탓하지 마세요. 중심을 잡는다는 것은 결코 흔들리지 않는 것이 아니라, 흔들려도 다시 돌아올 자리를 만들어가는 일이니까요.

1장

폭풍우

치는

밤에

## 020

알베르 카뮈
『페스트』

지금 있는 그대로의 상태는 그들로서는 도저히 견딜 수 없는 것이었다. 현재는 참을 수 없고, 과거는 혐오스럽고, 미래는 박탈당한 처지에서, 우리는 인간적인 정의감이나 증오심으로 감옥에 갇힌 사람들을 닮아가고 있었다. 결국 그 참을 수 없는 휴가에서 벗어나는 유일한 방법은 상상 속에서 기차를 다시 달리게 하고, 고집스레 침묵을 지키는 초인종을 연거푸 누름으로써 시간을 채우는 것이었다.

유기환 옮김, 현대지성, 2025년, 96쪽

●●● 재앙은 예고 없이 찾아와 우리 삶의 모든 창문을 닫아버립니다. 코로나19 팬데믹으로 사회적 거리두기를 하던 때, 사람들과 얼굴을 마주하고 식사하는 일조차 금지되었죠. 무엇보다 이 상황이 언제 끝날지 모른다는 불안감이 가장 큰 고통이었습니다. 『페스트』의 배경인 오랑시도 마찬가지였습니다. 도시가 봉쇄되고 감염병의 공포가 번지며 시민들은 고립감, 불신, 슬픔에 빠집니다. 카뮈는 그 절망 속에서도 기어이 상상의 기차를 달리게 하는 사람들에게 주목합니다. 멈춰버린 일상을 포기하지 않고 평범한 내일을 준비하는 일은 작지만 가장 인간다운 저항입니다.

모든 것이 멈춘 듯 막막한 순간에도
당신의 마음속을 달리는 기차는 무엇인가요?
일상을 지탱하는 나만의 작은 루틴이 있나요?

나만의 해시태그 #   #
             #   #
             #

## 021

유진 오닐
『밤으로의 긴 여로』

난 안개 속에 있고 싶었어요. 길을 반쯤 내려가다 보면 이 집도 안 보여요. 여기 집이 있는지도 몰라요. 큰길 따라 있는 다른 집들도 마찬가지죠. 단지 몇 걸음 앞까지밖에는 안 보이거든요. 한 사람도 못 봤어요. 모든 것이 비현실적으로 보이고 비현실적으로 들리죠. 아무것도 본래의 모습이 아니에요. 그게 내가 바라는 거예요…… 진실이 거짓이 되고 삶은 모습을 갖춘, 그 세상에 혼자 있고 싶어요. 항구 저 너머 바닷가를 따라 나 있는 그 길에서는 육지에 있다는 느낌도 사라졌어요. 안개와 바다가 서로 엉켜 있는 것처럼 보였죠. 바다 밑을 걷고 있는 것 같았어요. 오래전에 물에 빠져 죽은 것처럼. 나는 안개의 유령이고 안개는 바다의 유령인 것처럼. 유령 속의 유령일 뿐이라는 사실이 정말 평화롭게 느껴졌어요.

강유나 옮김, 열린책들, 2010년, 160쪽

●●● 술에 취한 에드먼드는 아버지에게 처음으로 속마음을 털어놓습니다. 산후통을 치료하다가 모르핀에 중독된 어머니, 빈곤의 경험 때문에 가족에게조차 인색한 아버지, 열등감에 빠져 방탕하게 사는 형까지, 안식처여야 할 가정에는 편히 숨 쉴 구석 하나 없습니다. 게다가 그 자신마저 폐결핵 진단을 받고 말았죠. 그는 안개 속에 잠기고 싶습니다. 안개 속 유령이라도 되어, 어떻게든 숨을 고르고 싶습니다.

자취를 감추고 싶을 만큼 지친 순간이 있었나요?

당신에게 가장 평화로운 휴식은 어떤 모습인가요?

오늘 하루만큼은 안개 속에 잠겨 나만을 위한 시간을 가져보세요.

나만의 해시태그　　　#　　　　　　　　#

　　　　　　　　　　　　#　　　　　　　　#

　　　　　　　　　　　　#

어니스트 헤밍웨이
『무기여 잘 있거라』

사람들이 세상에 너무 많은 용기를 가져올 때, 세상은 그들을 제압하기 위해 죽여야 한다. 실제로 세상은 그렇게 한다. 세상은 지위의 고하를 가리지 않고 누구나 때려 부순다. 그러면 많은 사람들은 바로 그 부서진 곳에서 더 강해진다. 하지만 아무리 부서지지 않으려 해도 세상은 그를 죽인다. 아주 착한 사람, 아주 점잖은 사람, 아주 용감한 사람을 가리지 않고 닥치는 대로 죽인다. 설사 이런 부류의 사람이 아니더라도 세상은 언젠가 그를 죽인다. 단지 그리 서두르지 않을 뿐이다.

이종인 옮김, 열린책들, 2012년, 329–330쪽

••• 제1차 세계대전이라는 거대한 비극 속에 던져진 개인의 무력함과 허무를 다룬 이 소설에서, 헤밍웨이는 삶의 잔인한 속성을 가감 없이 폭로합니다. 세상은 우리가 얼마나 선하고 용감한지는 상관하지 않고 무차별적으로 우리를 때려 부숩니다. 비록 인간은 죽음이라는 필연적인 결말을 피할 수 없지만, 헤밍웨이의 말처럼 인간은 부서진 곳에서 더욱 강해지기도 합니다.

예상치 못한 시련에 마음이 부서진 적이 있나요?

바로 그 자리에서 돋아난 강점이나 깨달음이 있다면 무엇인가요?

나만의 해시태그

\#   \#

\#   \#

\#

알베르 카뮈
『시지프 신화』

그의 운명은 바로 그의 것이다. 그의 바위는 바로 그의 것이다. 부조리 인간이 자신의 운명을 똑바로 응시할 때, 모든 우상은 침묵할 수밖에 없다. 그리하여 문득 태초의 침묵으로 되돌아간 우주에서, 경이에 찬 조용한 목소리가 대지로부터 무수히 솟아오른다. (…) 부조리 인간은 자신이 자기 삶의 주인이라는 사실을 알고 있다. 부조리 인간이 자기 인생으로 돌아가는 이 미묘한 순간에, 시지프는 자기 바위를 향해 돌아가면서 일련의 행동을 무심히 응시하는데, 그 일련의 행동은 그가 창조하고 그의 기억 아래 통합되고 머잖아 그의 죽음에 의해 봉인될 그의 운명을 이룬다. 이처럼 인간적인 모든 것의 인간적인 기원을 확신하는 부조리 인간, 앞을 환히 보고 싶지만 끝없는 어둠의 존재를 아는 부조리 인간은 그럼에도 여전히 걸음을 옮기고 있다. 바위는 또다시 굴러떨어진다.

유기환 옮김, 현대지성, 2025년, 189쪽

••• 카뮈는 우리의 인생이 커다란 바위를 산 정상으로 끝없이 굴려 올려야 하는 '시지프의 형벌'과 닮았다고 말합니다. 정점에 도달하자마자 바위는 다시 아래로 굴러떨어지고, 우리는 그 허무를 평생 반복해야 할지도 모릅니다. 그러나 카뮈는 바위를 따라 산을 내려오는 그 짧은 순간, 즉 자신의 운명을 똑바로 응시하는 시지프의 의식에 주목합니다. 바위가 다시 떨어질 것을 알면서도 묵묵히 내딛는 발걸음은 비참한 '체념'이 아니라 부조리한 운명에 굴복하지 않겠다는 가장 뜨거운 '저항'이 됩니다.

매일 반복되는 일상 속에서 묵묵히 밀어 올리고 있는

'나만의 바위'는 무엇인가요?

나만의 해시태그　　#　　　　　　　　#

　　　　　　　　　　#　　　　　　　　#

　　　　　　　　　　#

어니스트 헤밍웨이
『노인과 바다』

오래가기에는 너무 좋은 일이었어, 노인은 생각했다. 차라리 이게 다 꿈이라면, 나는 저 고기를 잡은 적도 없고, 실은 지금 침대에 신문지를 깔고 혼자 누워 있는 거라면 좋으련만.

"하지만 인간은 패배하도록 만들어지지 않았어." 노인은 말했다. "인간은 파멸할 수는 있어도 패배할 수는 없어."

황유원 옮김, 휴머니스트, 2023년, 112쪽

●●● 쿠바의 고즈넉한 어촌에 사는 어부 산티아고는 나이가 들고 기력이 쇠하면서 예전만큼 고기를 잡지 못합니다. 84일째 허탕을 치던 그에게 드디어 기회가 옵니다. 자신이 탄 배보다 더 큰 청새치가 미끼를 문 것이죠. 하지만 돌아가는 길에 피 냄새를 맡고 몰려든 상어 떼의 습격으로 모든 것을 잃고 맙니다. 치열한 사투 끝에 남은 것은 만신창이가 된 육체와 거대한 물고기의 뼈뿐이었습니다. 그러나 산티아고는 스스로가 패배하지 않았다고 말합니다. 인간은 파멸할지언정 패배할 수는 없다고요.

'파멸'과 '패배'는 어떻게 다를까요?
세상의 잣대로는 실패처럼 보일지라도,
스스로에게는 소중한 경험이 있나요?

나만의 해시태그　　　#　　　　　　　　#
　　　　　　　　　　　　#　　　　　　　　#
　　　　　　　　　　　　#

## 025

보에티우스
『철학의 위안』

입이 쓴맛을 먼저 맛본다면

벌의 수고로 만들어진 꿀은 더 달콤하고,

남풍이 몰고 온 비바람이 그친 후에는

별들은 더욱 밝게 빛나며,

금성이 어둠을 거두어갔을 때에야

청명한 아침이 장밋빛 붉은 말들을 몰고 오나니.

박문재 옮김, 현대지성, 2018년, 124–125쪽

••• 고대 로마 제국의 철학자이자 정치가 보에티우스는 억울한 누명을 쓰고 처형당할 날을 기다리는 처지였습니다. 죽음의 공포가 드리운 지하 감옥에서 그가 할 수 있는 유일한 일은 글을 쓰며 마음을 다스리는 것이었습니다. 그의 저서 『철학의 위안』에 등장하는 '철학의 여신'은 불운이 무조건 나쁜 것만은 아니라고, 도리어 우리를 참된 길로 이끌어준다는 위로를 건넵니다. 밤이 깊어야 별이 밝게 보이듯, 가장 깊은 어둠 속에서 보에티우스는 삶을 밝혀줄 고통의 쓸모를 발견했습니다.

나만의 해시태그　　#　　　　　　　　#
　　　　　　　　　　　　#　　　　　　　　#
　　　　　　　　　　　　#

## 026

플라톤
『파이돈』

만일 죽음이 모든 것에서 벗어나는 것이라면, 악인들에게 죽음은 신이 주는 깜짝 선물이 될 것이네. 죽으면, 단지 몸에서만 벗어나는 것이 아니라, 영혼과 자신이 저지른 악들로부터도 벗어나게 되기 때문이네. 하지만 이제 영혼이 죽지 않는다는 것이 밝혀졌기 때문에, 최대한으로 선해지고 지혜로워지는 것 외에 재앙을 피하거나 벗어날 다른 방법은 전혀 없음을 알게 되었네. 영혼은 저승에 갈 때, 자신이 훈련과 교육을 통해 얻은 것들 외에는 아무것도 가지고 가지 못하네. 그리고 그것은 죽은 자들이 저승으로 가는 여정을 시작할 때 그들에게 가장 이로운 것이 되기도 하고 가장 해로운 것이 되기도 한다네.

『소크라테스의 변명·크리톤·파이돈·향연』, 박문재 옮김, 현대지성, 2019년, 192–193쪽

●●● 독배를 앞둔 감옥에서, 소크라테스는 울먹이는 제자들에게 '영혼의 불멸'을 설파합니다. 그에게 죽음이란 육체라는 감옥에 갇혀 있던 영혼이 해방되어 참된 지혜의 세계로 떠나는 축복이었습니다. 그는 말합니다. 죽음 이후 가져갈 수 있는 유일한 자산은 훈련과 교육으로 얻은 것뿐이니, 우리는 최대한 선하고 지혜로워져야 한다고요. 외부의 어떤 재앙도 침범할 수 없는 내면을 가꾸는 일이 인간이 끝까지 지켜야 할 도리라고 말입니다.

당신이 끝까지 지키고 싶은 가치는 무엇인가요?

그 기준은 당신을 자유롭게 하나요, 스스로를 감옥에 가두나요?

나만의 해시태그　　　#　　　　　　　　　#

　　　　　　　　　　　　#　　　　　　　　　#

　　　　　　　　　　　　#

그리고 나 또한 모든 것을 다시 살아볼 준비가 되었음을 느꼈다. 마치 그 커다란 분노가 내게서 고뇌를 씻어주고 희망을 비워준 듯, 신호와 별들이 가득한 밤의 어둠 앞에서 나는 처음으로 세계의 다정한 무관심에 가슴을 열었다. 세계가 그토록 나와 닮았고 그토록 형제 같으매 나는 전에도 행복했고, 지금도 행복하다고 느꼈다. 모든 것이 완결되도록, 내가 외로움을 덜 느끼도록, 내게 남은 일은 처형일에 모쪼록 많은 구경꾼이 와서 증오의 함성으로 나를 맞이해주기를 소망하는 것뿐이었다.

유기환 옮김, 현대지성, 2023년, 171쪽

••• 주인공 뫼르소는 사회가 정해놓은 도덕이나 관습에 묶이지 않고 자신의 삶을 살았습니다. 그는 아랍인을 살해했다는 죄목으로 법정에 세워졌지만, 엄마의 장례식장에서도 눈물을 흘리지 않았던 사회적 기대에 어긋난 태도 때문에 사형으로 내몰리죠. 죽음을 앞둔 순간, 그는 '세계의 다정한 무관심'을 마주하며 해방감을 느낍니다. 처형장의 구경꾼들에게 용서가 아닌 증오의 함성을 기대하는 뫼르소의 심리는 무엇일까요?

타인의 기대에 맞추려 당신의 본모습을 숨긴 적이 있나요?

세상이 나를 이방인처럼 대한다면, 어떤 선택을 하고 싶나요?

나만의 해시태그　　#　　　　　　　　#
　　　　　　　　　　　#　　　　　　　　#
　　　　　　　　　　　#

한 걸음 더

페스트의 시민들처럼 끝이 보이지 않는 재앙 속을 묵묵히 걷는 일

시지프 신화처럼 내일이면 다시 굴러떨어질 바위를 밀어 올리는 일

노인과 바다의 어부 산티아고처럼 파멸할지라도 존엄을 지키는 일

우리의 삶은 이처럼 **밤으로의 긴 여로**일지도 모릅니다.

폭풍우 치는 삶의 격랑 속에서도

당신이 꼭 붙들고 싶은 문장을 하나 적어보세요.

나를

지켜줄

자기만의 방

## 028

단테 알리기에리
『신곡 – 지옥편』

이들은 영원히 서로를 들이받으며 으르렁거릴 것이다.

무덤에서 일어날 때에도 누군가는 주먹을 꽉 쥐고,

누군가는 머리칼이 다 빠진 몰골일 것이다.

잘못 베풀고 잘못 움켜쥐느라, 저들은

아름다운 세상을 뺏긴 채 이런 악다구니에 처박혔다.

어찌나 처참한지, 굳이 미사여구를 덧붙이지 않으리라.

아들아, 이제 보아라. 운명의 손에 맡겨진

재물이란 얼마나 덧없는 장난인가를.

인간은 그 때문에 이토록 처절히 다투는구나.

달빛 아래 존재하는, 혹은 한때 존재했던

모든 황금을 다 바쳐도, 여기 지친 영혼들 가운데

단 하나라도 휴식을 얻을 수 있겠느냐.

• • • 이탈리아의 시인 단테가 쓴 『신곡』은 지옥, 연옥, 천국편으로 구성된 대서사시입니다. 단테는 안내자 베르길리우스를 따라 사후 세계를 여행하며 인간의 죄와 구원, 신의 사랑과 정의를 탐구하죠. 그중 지옥의 네 번째 고리에서 단테는 탐욕과 낭비라는 죄를 지은 자들이 서로를 들이받으며 싸우는 처참한 광경을 목격합니다. 영원히 채워지지 않을 욕망을 좇다 스스로를 지옥에 가둔 인간의 모습이었죠. 내면의 평온을 잃고 외부의 것에 매몰될 때, 우리의 마음은 그 자체로 소란스러운 지옥이 되고 맙니다.

나만의 해시태그　　　#　　　　　　　　　#
　　　　　　　　　　　#　　　　　　　　　#
　　　　　　　　　　　#

'내 모든 삶, 내 의식적인 삶이 옳지 않은 것이라면?'

전에는 이런 생각이 전혀 떠오르지 않았지만, 자신이 마땅히 살아야 했던 삶을 살지 못했으며 그것이 사실일 수도 있다는 생각이 들었다. 가장 높은 지위에 있던 자들이 좋다고 여기는 것에 맞서 싸우려고 했던 눈에 띄지 않았던 충동, 그가 즉시 억눌렀던 그런 충동이 진짜이고 나머지는 전부 거짓일 수도 있다는 생각이 떠올랐다. 그의 일, 삶의 방식, 가족, 사회적 및 직업적 이해관계 역시 모두 거짓일 수도 있었다. 이 모든 것을 변호하려고 했지만, 문득 자기가 변호하는 것들의 온갖 약점이 다 보였다. 방어할 게 아무것도 없었다.

그는 속으로 말했다. '만일 그렇다면, 나에게 주어진 모든 것을 잃어버리고 고칠 수도 없다는 의식을 가지고 이생을 떠난다면, 그러면 어쩌지?' 그는 똑바로 누워 자신의 전 생애를 하나하나 완전히 새롭게 정리하기 시작했다.

윤우섭 옮김, 현대지성, 2023년, 86-87쪽

••• 고등법원 판사 이반 일리치는 유복한 환경에서 승승장구하며 안락한 삶을 누려왔습니다. 미모의 여인과 결혼하고, 가정의 불화를 회피한 채 일에 몰두하며 타인에게 인정받는 삶을 매끄럽게 꾸려나갔죠. 그러던 어느 날 그에게 불치병이라는 선고가 떨어집니다. 죽음의 문턱에 서서야 그는 인생을 되돌아보며 처음으로 자신에게 묻습니다. 내 모든 삶이 옳지 않았던 것이라면? 그는 마침내 '마땅히 살아야 했던 삶'의 진실을 마주하기 시작합니다.

나만의 해시태그

\#　　　　　　　　\#

\#　　　　　　　　\#

\#

## 030

세상이 대체 내게 무얼 줄 수 있을까?

없이 지내라! 부족하게 지내라고!

이건 모든 사람의 귓가에

울리는 영원한 노랫가락,

우리 평생 매 순간

목쉬게 울려오는 노래지.

놀라며 아침에 깨어나면

나는 쓰라린 눈물 흘리고 싶다.

하루가 다 지나도록 그 어떤 소망도,

단 한 가지도 이루지 못할 또 하루를 보면서,

온갖 쾌감의 예감마저

고집스러운 흠 잡기로 망가뜨리고,

활동적인 내 가슴의 창조를 삶의 역겨운

천 가지 일상이 방해할, 그런 하루를 보면서 말이야.

안인희 옮김, 현대지성, 2024년, 93쪽

● ● ● 세상 모든 지식을 섭렵하고도 삶의 허무를 채우지 못한 파우스트는 악마와 영혼을 건 계약을 맺습니다. 욕망에 이끌려 숱한 죄를 지었음에도 신은 그의 영혼을 지옥에서 구원합니다. "인간은 노력하는 한 헤매기 마련"이기에, 끝까지 진리를 추구한 그의 고결한 방황을 인정한 것이지요. 파우스트는 방황이 길을 잃은 것이 아니라 진정한 나를 찾아가는 과정임을 온몸으로 증명했습니다.

일상이 힘겨울 만큼 지독한 허망함을 느낀 적이 있나요?

허망함을 느낀다는 건, 더 나은 삶을 갈망한다는 증거가 아닐까요?

나만의 해시태그　　#　　　　　　#
　　　　　　　　　　　#　　　　　　#
　　　　　　　　　　　#

## 031

버지니아 울프
『자기만의 방』

각자 연간 5백 파운드와 자기만의 방을 갖는다면, 생각을 고스란히 쓰는 자유와 용기를 습관화한다면, 공동 거실에서 조금 빠져나와 인간들을 서로의 관계만이 아니라 리얼리티와의 관계로 바라본다면, 또한 하늘이든 나무든 무엇이라도 그 자체로서 그것을 바라본다면, 어떤 인간도 시야가 가려지면 안 되므로 밀턴의 악령을 넘어서서 바라본다면, 매달릴 팔 없이 혼자 가야 한다는 것과 우리의 관계가 남녀의 세계에 국한되지 않고 리얼리티의 세계와 관련되어 있다는 사실을—그게 사실이므로—직시한다면, 그러면 그때 기회가 올 것이고, 셰익스피어의 누이 같은 죽은 시인이 그리도 자주 내던져 버렸던 육체를 입게 될 것입니다.

공경희 옮김, 열린책들, 2022년, 176–177쪽

• • • 『자기만의 방』은 버지니아 울프가 '여성과 픽션'이라는 주제의 강연을 바탕으로 집필한 에세이입니다. 울프는 역사적으로 위대한 작가가 대부분 남성인 까닭은 여성이 열등해서가 아니라 경제적·사회적 환경 때문이라고 지적합니다. 셰익스피어에게 그만큼 뛰어난 재능을 가진 누이가 있었더라도 그녀는 재능을 꽃피우지 못했을 겁니다. 수백 년 전 여성들에게는 안정적인 수입이나 자기만의 방은커녕, 교육받을 기회조차 주어지지 않았으니까요. 울프가 강조한 '자기만의 방'은 단순한 물리적 공간이 아니라 자신의 생각을 지키고 고스란히 표현할 수 있는 최소한의 독립성을 의미합니다.

오직 나의 목소리에 귀 기울일 자기만의 방을 가지고 있나요?

그 방에는 무엇이 놓여 있나요?

나만의 해시태그 　#　　　　　　　　　　#

　#　　　　　　　　　　#

　#

## 032

안네 프랑크
『안네의 일기』

나는 혼란과 불행과 죽음으로 만들어진 토대 위에 내 희망을 쌓아 올릴 수 없어. 세계가 황폐해지고 우리를 파멸시킬지도 모르는 천둥소리가 다가오는 듯해서 더욱 괴로워. 그렇지만 하늘을 올려다보면, 모든 것이 질서 정연해지고 이 참혹한 상황도 끝나고 평화와 고요가 다시 찾아오리라는 생각이 들어. 그러고 보니 꿈을 잊지 말아야겠어. 그걸 실현할 수 있는 시기가 올 테니까 말이야.

안네.

이건영 옮김, 문예출판사, 2009년, 343~344쪽

●●● 제2차 세계대전 당시, 유대인 소녀 안네에게 허락된 물리적 공간은 비좁은 다락방뿐이었습니다. 하지만 안네는 가상의 친구 '키티(일기장)'에게 속마음을 털어놓으며 자신만의 땅을 일구어나갑니다. 이 기록은 나치의 만행과 전쟁의 비극을 생생히 증언하는 사료인 동시에, 언제 죽음이 들이닥칠지 모르는 상황에서도 한 인간이 어떻게 존엄성을 지켜내는지 가장 순수하게 보여줍니다. 안네에게 일기장은 다락방 너머 하늘을 바라보게 하는 유일한 창이자 진정한 자기만의 방이었습니다.

나만의 해시태그 # #
# #
#

## 033

토머스 하디
『테스』

기왕지사 지난 일은 지난 일이고, 과거가 어찌 되었든 그 과거가 지금 그녀 곁에 머물러 있는 것은 아니다. 과거가 낳은 결과물이 무엇이든 간에 그것들은 모두 시간에 묻혀 버릴 것이다. 몇 해만 지나면 그 결과들은 전혀 존재하지 않았던 것처럼 될 것이고, 그녀 자신도 묻혀 버려 잊힐 것이다. 하지만 수목은 예전처럼 여전히 푸르고 새들은 노래하며, 태양은 지금도 옛날처럼 변함없이 밝게 빛나고 있었다. 낯익은 주변 모습은 그녀가 슬프다고 해서 어두워지는 법이 없었고, 그녀의 고통 때문에 아파하지도 않았다.

그녀는 자신의 고개를 이토록 푹 떨구게 만든 세상이, 그리고 그 세상이 자신의 처지에 관심을 보인다는 생각이 실은 환영에 불과하다는 사실을 깨달을 수도 있었으리라. 그녀의 존재와 경험 그리고 열정 및 감각의 구조는 타인이 아닌 바로 그녀만의 것이며 오직 그녀만이 이해할 수 있다.

김문숙 옮김, 열린책들, 2011년, 상권 162쪽

●●● 가난한 농부의 딸 테스의 삶은 파란만장합니다. 가족을 돕기 위해 집을 떠났다가 원치 않는 사건으로 아이를 갖게 되고 그 아이마저 일찍 떠나보내죠. 사회의 냉혹한 시선을 피해 목장으로 숨어든 테스는 하루하루를 겨우 버텨냅니다. 어느 날 테스는 문득 깨닫습니다. 자신이 아무리 고통스러워해도 자연은 변함없이 푸르고, 자신을 짓눌러온 세상의 시선은 스스로 만들어낸 환영이었음을요. 테스는 과거의 비극이 오늘의 삶을 규정하도록 내버려두지 말라고 말하는 듯합니다.

타인의 시선이나 과거의 기억 때문에 고통스러웠던 적이 있나요?

그것은 정말 타인이 준 고통이었을까요?

마음을 단단히 다지기 위해 가장 먼저 끊어내야 할 과거는 무엇인가요?

나만의 해시태그 　#　　　　　　　#
　　　　　　　　　　　#　　　　　　　#
　　　　　　　　　　　#

## 034

샬럿 브론테
『제인 에어』

내가 나 자신을 소중히 여기지. 고독하고 벗도 없고 의지할 데가 없을수록 더욱더 나 자신을 존중할 거야. 하느님이 내려 주시고 인간이 인정한 법을 지킬 거야. 지금처럼 미친 때가 아니고 제정신일 때 옳다고 생각했던 원칙을 지키며 살 거야. 법이나 원칙은 유혹이 없는 때를 위한 게 아니야. 지금처럼 몸과 영혼이 그 엄격함에 반란을 일으키는 그런 때를 위한 거야. (…) 지금 내가 기댈 것은 미리 생각해 둔 의견, 예전의 결심들이야. 꿋꿋하게 거기에 발을 딛고 서야 해.

조애리 옮김, 을유문화사, 2013년, 463–464쪽

••• 어려서 부모를 잃고 외숙모의 차별과 학대 속에서 자란 제인 에어는 척박한 환경에서도 자신의 운명을 스스로 개척한 인물입니다. 가정교사로 들어간 저택의 주인 로체스터와 사랑에 빠지지만, 결혼 직전에 그에게 숨겨진 비밀이 있음을 알아차립니다. 제인 에어는 절절하게 매달리는 로체스터를 뒤로하고 단호히 떠나기로 결심합니다. 아무리 그를 사랑해도, 당장 빈털터리로 길거리에 나앉게 될지라도 자기 자신을 존중하는 마음을 버릴 수 없었기 때문입니다.

나만의 해시태그　　　#　　　　　　　　　#
　　　　　　　　　　　#　　　　　　　　　#
　　　　　　　　　　　#

단 한 번 실패했다고 당신의 가능성을 모두 잃어버린 게 되나요? 전혀 그렇지 않아요! 미래는 아직 시련과 성공으로 가득 차 있어요. 앞으로 누릴 수 있는 행복도 있고요! 베풀어야 할 선행도 있다고요! 이 거짓된 삶을 진실한 삶과 맞바꾸세요.

이종인 옮김, 현대지성, 2025년, 265쪽

••• 지워지지 않는 낙인을 의미하는 '주홍글씨'라는 말을 역사에 새긴 소설입니다. 헤스터는 간통(Adultery)을 저지른 죄로 평생 가슴에 주홍글씨 'A'를 달고 살아야 하는 가혹한 처벌을 받습니다. 그녀는 쏟아지는 멸시 속에서도 묵묵히 선행을 베풀며 어린 딸과 자신의 삶을 책임집니다. 시간이 흘러 사람들은 그녀 가슴의 'A'를 유능함(Able)이나 천사(Angel)라는 새로운 의미로 읽기 시작하죠. 반면 죄를 숨긴 채 칭송받던 딤스데일 목사는 죄책감에 시달리며 시들어갑니다. 헤스터는 그에게 외칩니다. 거짓된 삶을 버리고, 진실한 자신을 마주하며 다시 시작하자고요.

과거의 실수 때문에 스스로 '주홍글씨'를 새기고 있지는 않나요?

당신을 무겁게 짓누르는 마음의 짐이 있다면,

지금까지 버텨온 스스로에게 어떤 말을 해주고 싶나요?

나만의 해시태그   #   #
                     #   #
                     #

미셸 드 몽테뉴
『수상록』

삶을 성찰하고 다스릴 줄 아는가? 그렇다면 당신은 이미 가장 위대한 과업을 완수했다. 본연의 성품을 드러내고 발휘하는 데 운명의 도움은 필요치 않다. 본성은 무대 앞에서든 뒤에서든 마치 장막이 없는 것처럼 제 모습을 똑같이 드러내기 때문이다. 우리의 본분은 책을 쓰는 것이 아니라 품행을 가꾸는 일이며, 전쟁에서 승리해 영토를 얻는 것이 아니라 삶의 질서와 평온을 얻는 일이다. 인간의 가장 위대하고 영광스러운 걸작은 바로 온당하게 사는 삶이다. 통치하고 재산을 모으고 건물을 짓는 그 밖의 모든 일은 단지 삶의 부수적인 부속물일 뿐이다.

● ● ● 『수상록』의 원제 '에세(Essais)'는 본래 '시도', '시험'을 뜻합니다. 몽테뉴의 이 작품에서 '에세이'라는 문학 형식이 탄생했죠. 그에게 글쓰기란 완벽한 정답을 내놓는 일이 아니라 끊임없이 자기 삶을 돌아보고 질문하는 과정이었습니다. 16세기 프랑스를 대표하는 지성인이었던 그는 법관에서 은퇴한 후 20여 년간 자신의 삶을 성찰하며 우정, 사랑, 죽음 등 본질적인 주제를 성찰했습니다. 그는 제국을 정복하는 거창한 성취보다 자기 내면의 질서를 지키며 평온을 누릴 줄 아는 능력을 더 고귀하게 보았습니다. 오늘 하루를 온당하게 살아내려는 작은 '시도'들이 우리 인생의 최대 걸작이라고 말이죠.

나만의 해시태그

\#
\#
\#
\#
\#

빅터 프랭클

『빅터 프랭클의 죽음의 수용소에서』

"그대의 경험, 이 세상 어떤 권력자도 빼앗지 못하리!"

(…) 이 모든 것들은 비록 과거로 흘러갔지만 결코 잃어버린 것이 아니다. 우리는 그것을 우리 존재 안으로 가져왔다.

이시형 옮김, 청아출판사, 2025년, 154쪽

● ● ● 정신과 의사인 빅터 프랭클 박사는 수감자의 90퍼센트 이상이 죽어 나간 나치의 아우슈비츠 유대인 수용소에서 끝내 살아남았습니다. 그는 극한의 굶주림과 학대 속에서도 무너지지 않은 사람들에게 공통점이 있다는 사실을 발견했습니다. 바로 자신만의 '삶의 의미'를 찾아냈다는 점이었죠. 프랭클 박사는 이를 토대로 '의미치료(로고테라피)'를 정립하며, 인간의 시련은 그에 부여하는 의미를 통해 극복된다는 사실을 증명했습니다. 당신이 겪은 모든 고통과 눈물은 사라지지 않고 내면 깊은 곳에 고여 있습니다. 그것을 어떻게 읽어내느냐는, 당신의 몫입니다.

당신이 지나온 모든 시간이 삶의 궤적을 그리고 있습니다.

그 길에 이름을 붙여준다면, 무엇이라고 부르고 싶나요?

나만의 해시태그　　　#　　　　　　　　　　#

　　　　　　　　　　　　#　　　　　　　　　　#

　　　　　　　　　　　　#

한 걸음 더

죽음에 이르러서야 지나온 생을 후회하는 **이반 일리치**

세상 모든 지식을 섭렵하고도 방황하는 **파우스트**

지옥에 떨어져서도 황금을 욕망하는 **신곡** 속 인물들까지

이처럼 어리석은 존재가 바로 인간입니다.

하지만 **주홍글씨**라는 낙인에도 굴하지 않고

죽음의 수용소에서조차 삶의 의미를 찾으며

안네의 일기처럼 자신만의 방식으로 내면을 수호하고

자기만의 방을 주장하는 고귀한 존재 역시 인간이지요.

삶의 중심을 잡는다는 것은 어쩌면

이러한 인간성을 온전히 인정하는 태도일지도 모릅니다.

## 3장

문밖으로

나설

결심

작자 미상
『길가메시 서사시』

길가메시는 야생을 방랑하면서

친구 엔키두를 위해 섧게 울었네

"나는 죽으리라 그러면 엔키두처럼 되지 않겠나?

슬픔이 내 가슴을 파고들었도다!

나는 죽음이 두렵고, 그래서 야생을 방랑하네

우바르-투투의 아들, 우타나피쉬티를 찾아서(…)"

앤드류 조지 편역, 공경희 옮김, 현대지성, 2021년, 126쪽

●●● 인류 최초의 신화 『길가메시 서사시』에는 인간이 지닌 보편적 고뇌의 원형이 담겨 있습니다. 메소포타미아 지방 우루크의 왕이었던 길가메시는 친구 엔키두의 죽음을 목격하고 인간의 유한함을 깨닫습니다. 죽음이라는 피할 수 없는 운명에 공포를 느낀 그는 견고한 성벽으로 둘러싸인 도시를 뒤로하고, 영생을 얻었다는 우타나피쉬티를 찾아 길을 떠납니다. 때로는 삶을 돌아보게 만드는 질문 하나가 우리를 낯선 여정으로 이끌기도 합니다.

당신을 익숙한 곳에서 벗어나 새로운 길로 나서게 만든 질문이 있나요?

그 낯선 여정에서 무엇을 발견했나요?

나만의 해시태그　　　#　　　　　　　　　　#

　　　　　　　　　　　　#　　　　　　　　　　#

　　　　　　　　　　　　#

## 039

찰스 디킨스
『크리스마스 캐럴』

유령은 오그라들고 무너져 내리며 점점 사그라지더니 마침내 침대 기둥으로 변했다.

그랬다! 그 침대 기둥은 스크루지의 것이었다. 침대도 그의 것이고, 방도 그의 것이었다. 그러나 무엇보다도 기쁘고 행복한 사실은, 앞으로 다가올 시간이 그의 것이기에 잘못을 바로잡을 수 있으리라는 것이었다!

"과거와 현재와 미래 속에서 살아가야지!"

• • • 찰스 디킨스의 『크리스마스 캐럴』을 읽어보지 않았더라도 지독한 구두쇠 스크루지 영감의 이름은 한 번쯤 들어봤을 거예요. 평생 인색하게 살아온 그는 모두가 서로에게 베풀며 정을 나누는 크리스마스 이브에도 조카에게 막말을 퍼붓고 기부를 권하는 이를 매몰차게 내쫓습니다. 그날 밤 스크루지는 운명을 바꿀 기묘한 사건과 맞닥뜨립니다. 과거, 현재, 미래를 보여주는 세 유령과 마주하게 된 것이죠. 자신의 죽음을 슬퍼하기는커녕 오히려 반기는 사람들의 모습에 충격을 받은 그는 눈물을 흘리며 참회합니다. 다행히 그에게는 '오늘'이라는 기회가 남아 있었습니다.

결정적인 기회가 한 번 더 주어진다면, 바꾸고 싶은 과거가 있나요?

당신 앞에는 이미 오늘이라는 기회가 주어져 있습니다.

나만의 해시태그   #   #
                      #   #
                      #

존귀한 여신이여, 그 점에서는 내게 화내지 마세요.

사려 깊은 페넬로페이아와 당신을 나란히 세워놓으면,

용모와 키에서 그녀가 당신보다 못하다는 건 내가 잘 압니다.

그녀는 필멸의 존재인 반면 당신은 죽지도 늙지도 않으니까요.

하지만 나는 집으로 돌아가 귀향의 날을 보게 되길

날이면 날마다 바라고 있습니다. 혹시 신들 중 누가

포도주 빛 바다에서 또다시 나를 난파시키더라도, 내 가슴속에는

큰 고통을 참아낼 만한 기개가 있으니 잘 견뎌낼 겁니다.

나는 이미 파도 속에서, 전쟁 속에서 수많은 일과 갖은 고초를

겪었어요. 이번에 고초 하나를 더할 뿐입니다.

박문재 옮김, 현대지성, 2025년, 156–157쪽

••• 서양 문학의 원류로 평가되는 그리스의 서사시 『오디세이아』는 트로이아 전쟁의 영웅 오디세우스가 고향 이타카로 돌아가기 위해 감내한 10년간의 사투를 다룹니다. 폭풍으로 배가 난파되어 표류하던 오디세우스를 구한 바다의 요정 칼립소는 불멸과 영원한 젊음을 주겠다며 유혹합니다. 그러나 오디세우스는 다시 바다로 나아가기로 결심합니다. 그에게 중요한 것은 신과 같은 불멸이 아니라 사랑하는 가족과 함께하는 인간다운 삶이었기 때문입니다. 오디세우스의 귀향은 어떤 삶을 선택할 것인지 스스로 결정해나가는 과정이었습니다.

오디세우스처럼 어떤 시련과 유혹이 닥쳐도 포기할 수 없는 소중한 가치가 있나요?

그 가치는 당신에게 왜 그토록 소중한가요?

나만의 해시태그　　　#　　　　　　　　　　　#

　　　　　　　　　　　　#　　　　　　　　　　　#

　　　　　　　　　　　　#

## 041

니코스 카잔차키스
『그리스인 조르바』

나는 모든 것을 잃었다. 돈, 사람, 고가선, 수레를 모두 잃었다. 우리는 조
그만 항구를 만들었지만 실어 내보낼 물건이 없었다. 깡그리 날아가 버
린 것이었다.

그렇다. 내가 뜻밖의 해방감을 맛본 것은 정확하게 모든 것이 끝난 순간
이었다. 마치 어렵고 어두운 필연의 미로 속에 있다가 자유가 구석에서
행복하게 놀고 있는 걸 발견한 것 같았다. 나는 자유의 여신과 함께 놀
았다.

이윤기 옮김, 열린책들, 2009년, 416쪽

••• 지식인인 소설 속 화자는 우연히 거침없는 자유인 조르바를 만나
광산 개발 사업에 뛰어듭니다. 평소 이성과 논리를 중시했던 화
자는 즉흥적이고 뜨거운 가슴을 가진 조르바에게 영향을 받으며
점차 변해가죠. 돈과 명예, 공들인 사업까지 모든 것을 잃은 절망
의 순간, 화자는 오히려 생애 가장 눈부신 해방감을 맛봅니다. 그
의 고백은 우리가 스스로의 자유를 박탈하고 있는 것은 아닌지
되돌아보게 합니다. 크레타섬에 있는 니코스 카잔차키스의 묘비
에는 이렇게 쓰여 있습니다. "나는 아무것도 바라지 않는다. 나
는 아무것도 두려워하지 않는다. 나는 자유다."

나만의 해시태그　　#　　　　　　　　#
　　　　　　　　　　　#　　　　　　　　#
　　　　　　　　　　　#

## 042

루이자 메이 올컷
『작은 아씨들』

네 자매가 들어서자 아이들의 커다란 눈망울이 놀라움으로 반짝였고, 추위로 새파랗게 질린 입술에는 미소가 번져나갔다.

"오, 세상에! 천사님들이 우리를 찾아오셨구나!" 가여운 여인이 기쁨의 눈물을 흘리며 말했다.

비록 자매들은 한 입도 먹지 못했지만 참으로 행복한 아침 식사였다. 이웃에게 따뜻한 위로를 남기고 떠나올 때, 크리스마스 날 아침 자신의 몫을 아낌없이 내어주고 빵과 우유만으로 만족했던 그 배고픈 소녀들보다 즐거운 사람은 온 도시를 다 뒤져도 찾지 못했으리라.

• • • 크리스마스 아침, 네 자매는 식탁에 앉아 어머니를 기다렸습니다. 아버지가 남북전쟁에 참전하며 집을 비운 이후 소박한 삶을 꾸려가던 이들에게 모처럼 풍성하게 차려낸 아침 식사는 무척 귀한 선물이었죠. 하지만 어머니는 그토록 고대하던 음식을 굶주린 이웃에게 나누어주자고 제안합니다. 망설임은 길지 않았습니다. 네 자매는 이내 음식을 들고 이웃의 집으로 향합니다. 비록 음식은 한 입도 먹지 못했지만, 추위에 떨던 아이들의 미소를 마주한 작은 아씨들의 크리스마스는 그 어느 때보다 따뜻했습니다.

나만의 해시태그   #   #
#   #
#

## 043

루시 모드 몽고메리
『초록지붕집의 앤』

"마릴라 아주머니, 내일은 아직 아무런 실수도 저지르지 않은 새날이라는 게 참 멋진 것 같아요."

"내가 장담하는데, 넌 내일도 실수를 잔뜩 할 거야. 너 같은 실수투성이는 처음 본다니까."

앤은 슬프지만 인정할 수밖에 없었다.

"네, 저도 잘 알아요. 하지만 제게도 장점이 하나 있는데, 혹시 알고 계셨어요? 저는 같은 실수를 두 번 저지르진 않거든요."

"대신 항상 새로운 실수를 저지르지. 그게 그렇게 좋은 장점인지는 잘 모르겠구나."

"어머, 정말 모르세요? 한 사람이 저지르는 실수에는 분명 한계가 있을 거예요. 하나도 남김없이 저지르고 나면 더는 실수할 일이 없잖아요. 그렇게 생각하면 마음이 편해요."

'빨간 머리 앤 전집' 1권, 오수원 옮김, 현대지성, 2023년, 269–270쪽

●●● 요즘 유행하는 '초긍정 사고방식'의 원조를 찾으라면 단연 빨간 머리 앤일 것입니다. 실수투성이였지만 앤은 절대 좌절하는 법이 없었죠. 한번은 존경하는 앨런 부인을 대접하기 위해 정성껏 케이크를 구웠는데, 바닐라빈 가루 대신 진통제를 넣는 실수를 저지르고 맙니다. 감기에 걸려 냄새를 맡지 못해 벌어진 일이었죠. 누구보다 속상했을 앤이지만 금방 눈물을 거두었습니다. 오늘은 지나가고, 다시 시작할 수 있는 새날이 올 테니까요.

나만의 해시태그 # #
# #
#

## 044

찰스 디킨스
『위대한 유산』

나는 휘파람을 불며 아무렇지 않은 듯 걸었다. 마을은 지극히 평화롭고 고요했으며, 엷은 안개는 마치 세상을 내 앞에 펼쳐 보이려는 듯 엄숙하게 피어오르고 있었다. 그곳에서 나는 참으로 순진하고 작은 존재였는데, 저 너머의 세계는 너무도 거대하고 낯설게 느껴졌다. 그 순간 감정이 북받쳐 오르며 눈물이 터져 나왔다. 마을 끝자락에 놓인 이정표 앞이었다. 나는 그 위에 손을 얹고 속삭였다. "안녕, 내 소중하고 소중한 친구여!"

하늘은 우리가 눈물을 부끄러워할 필요가 없음을 아시리라. 눈물은 우리의 굳어진 마음에 쌓여 시야를 흐리는 세상의 먼지를 씻어내는 비와 같다. 울고 나니 기분이 한결 나아졌다.

●●● 고아 소년 핍은 익명의 후원자 덕분에 '신사'가 될 기회를 얻어 정든 시골 마을을 떠납니다. 런던이라는 미지의 세계로 첫발을 내딛으며 익숙한 고향에 작별을 고하는 순간, 설렘과 두려움이 물밀듯이 밀려왔죠. 마을을 뒤덮었던 안개가 마치 새로운 막을 알리듯 피어오르는 풍경 속에 그는 뜨거운 눈물을 흘립니다. 그러나 핍이 런던에서 마주하게 될 진정한 유산은 물질적 풍요가 아니었습니다. 화려함 뒤에 숨겨진 진실을 목격하고 자신의 오만함이 무너져 내리는 고통 속에서 얻은 정신적 깨달음이었습니다.

새로운 도약을 위해 익숙한 세계를 벗어난 적이 있나요?

현실이 기대와 달랐다면, 당신에게 남은 정신적 유산은 무엇인가요?

나만의 해시태그　　　#　　　　　　　　　　#

　　　　　　　　　　　　#　　　　　　　　　　#

　　　　　　　　　　　　#

## 045

그림 형제
「황금 열쇠」

어느 겨울날, 한 가난한 소년이 썰매를 타고 나무를 하러 숲에 갔습니다. 썰매 가득 나무를 실은 소년은 너무 춥자 불을 피우려고 했습니다. 장작 한 개면 몸을 녹일 수 있을 것이라고 생각했습니다. 불을 피우기 위해 눈을 쓸어 내니 땅 위에 조그마한 황금 열쇠가 한 개 떨어져 있는 것이었습니다. 열쇠가 있으니 분명히 자물쇠도 있으리라고 생각한 소년은 땅을 더 파고 들어가다가 마침내 작은 상자 하나를 찾아내었습니다. 그 안에는 틀림없이 귀한 물건이 들어 있을 것이라고 생각했습니다.

그러나 열쇠 구멍이 보이지 않았습니다. 이리저리 들여다보다가 무엇인가를 찾긴 했지만, 너무나 작아서 잘 보이지 않았습니다. 소년은 열쇠를 그곳에 맞춰 보았습니다. 다행히도 열쇠가 맞아 소년은 열쇠를 돌렸습니다. 우리는 이제 소년이 상자를 완전히 열어 안에 든 것을 꺼낼 때까지 기다려야겠습니다. 소년이 얼마나 멋진 것을 찾아냈는지 함께 알아볼까요?

『그림 형제 동화전집』, 김열규 옮김, 현대지성, 2015년, 1003쪽

●●● 19세기 초 유럽 각지에 구전되던 민담을 기록한 그림 형제의 동화집은 「백설공주」, 「헨젤과 그레텔」, 「개구리 왕자」처럼 우리에게 익숙한 이야기로 가득합니다. 이 방대한 동화집의 마지막을 장식하는 작품인 「황금 열쇠」는 흥미롭게도 이렇게 끝이 납니다. 상자 안에 무엇이 들어 있는지는 영원히 비밀로 남지만, 이 결말은 도리어 우리에게 무한한 희망을 꿈꾸게 합니다.

지금 당신의 손에 지나온 시간이 빚어낸 황금 열쇠가 쥐어져 있습니다.

눈앞에 놓인 상자 안에 무엇이 들어 있기를 바라나요?

나만의 해시태그   #   #

                       #   #

                       #

한 걸음 더

이웃에게 인색했던 과거를 뼈아프게 반성한 **스크루지**

불멸의 삶 대신 고통스러운 인간의 길을 택한 **오디세우스**

이웃에게 소중한 아침 식사를 양보한 **작은 아씨들**

실수를 저질러도 훌훌 털고 일어나 내일을 기대하는 **앤**

이들의 숭고한 행동은 '나'라는 좁은 세계에서 빠져나오려는

작은 용기에서 시작되었습니다.

문고리 앞에 서 있는 당신, 이제 천천히 그 문을 열어볼까요?

조금 더 깊이

2부에서 가장 인상 깊었던 구절과 질문을 적어보세요.

그 이유는 무엇인가요?

모든 참된 삶은 만남이다.

'나'는 '너'로 말미암아 '나'가 된다.

― 마르틴 부버, 『나와 너』 중에서

타인이라는 세계와 마주하기

나만의 방에서 숨을 골랐다면, 이제 조심스럽게 문을 열고 밖으로 나설 차례입니다. 문밖에는 타인이라는 거대하고 낯선 세계가 기다리고 있습니다.

3부에서는 나에서 너로, 이윽고 우리로 확장되는 관계의 층위를 살핍니다. 사랑과 우정이라는 다정한 이름 뒤에는 때때로 고독과 상실, 상처가 숨어 있습니다. 우리는 누군가를 아끼고 배려한다고 믿으며 정작 상대에게 나의 욕망과 기대를 덧씌우곤 합니다. 그 과정에서 나 자신을 잃어버리기도 하지요.

고전은 이토록 복잡한 관계의 본질을 거울처럼 비춰줍니다. 오만과 편견이 빚어낸 실수를 통과하며, 상대를 소유하는 대신 독립된 존재로 인정하는 법을 배웁니다. 서로의 세계를 침범하지 않고 온전히 마주 서는 법을 깨닫기도 하고요. 이 치열한 시간을 지나 우리는 타인과 단단하게 연결됩니다. 삶이 흔들리는 순간에도 우리가 끝내 인간으로 남을 수 있는 건, 서로를 향해 내민 다정한 손길 덕분일지도 모릅니다.

관계를 가꾸는 일은 거창하지 않습니다. 투박하지만 진실한 언어, 나를 알아주는 단 한 사람의 시선, 서로를 숨 쉬게 하는 적당한 거리. 일상에서 나누는 배려와 온기가 모여 울창한 관계의 숲을 이룹니다. 타인과 관계 맺으며 당신은 지금 어떤 사람이 되어가고 있나요? 또 어떤 사람이 되고 싶나요?

## 1장

사랑이라

믿었던

것들

헨리크 입센
『인형의 집』

헬메르　행복하지 않았다고? 단 한 번도?

노라　그래요, 그저 즐거웠을 뿐이에요. 당신은 내게 언제나 친절했죠. 하지만 우리 집은 단지 하나의 놀이방에 불과했어요. 나는 당신의 인형 아내였어요. 나의 집에서는 아버지의 인형 아이였던 것처럼요. 그리고 여기서는 아이들이 내 인형이었죠. 당신이 나와 놀아줄 때, 나는 무척 즐겁다고 생각했어요. 마치 내가 아이들과 놀아줄 때 아이들이 재밌어하던 것처럼요. 토르발, 바로 그런 게 우리의 결혼이었어요.

●●● 노르웨이 극작가 입센의 희곡 『인형의 집』입니다. 우리는 때로 사랑이라는 이름 아래 타인이 정해준 배역을 충실히 연기합니다. 노라에게 남편 헬메르는 자신의 존재를 정의해주는 사람이었습니다. 그녀는 그가 원하는 대로 웃고 말하며 그것이 사랑이라 믿었죠. 하지만 과거의 한 사건으로 그의 민낯을 마주한 순간, 노라는 자신이 '인형의 집'에서 인형처럼 살아왔음을 깨닫습니다. 결국 그녀는 인형이기를 거부하고 스스로의 삶을 찾기 위해 집을 떠나 텅 빈 무대로 걸어 나옵니다.

누군가의 배우자, 연인, 친구라는 이름표를 떼어냈을 때

남아 있는 '나'는 어떤 모습인가요?

만약 그 관계가 사라진다면 당신에게는 무엇이 남을까요?

나만의 해시태그   #   #

#   #

#

## 047

윌리엄 셰익스피어
『로미오와 줄리엣』

줄리엣 오, 로미오, 로미오, 왜 당신은 로미오인가요?

아버지를 부정하고 당신의 이름을 버리세요.

그러기 어렵다면 저를 사랑한다는 맹세만 해주세요.

그럼 저도 더 이상 캐풀릿으로 살지 않겠어요.

로미오 더 들어야 할까, 아니면 지금 답해야 할까?

줄리엣 나의 적은 오직 당신의 이름뿐이에요.

당신이 몬터규가 아닐지라도 당신은 당신일 뿐이죠.

몬터규가 무엇인가요? 손도, 발도,

팔도, 얼굴도, 사람 몸 가운데

어느 것도 아니에요. 그러니 부디, 다른 이름을 가지세요!

이름이 무언가요? 장미를 다른 이름으로 불러도

그 향기는 여전히 달콤할 텐데.

●●● 무도회장에서 줄리엣에게 첫눈에 반한 로미오는 위험을 무릅쓰고 원수 집안의 담장을 넘습니다. 그때 마침 발코니에 나와 혼잣말로 마음을 털어놓던 줄리엣의 모습을 보게 되죠. 누군가에게 들키기라도 하면 목숨이 위태로운 상황에서도 두 사람은 가문의 이름까지 내던지며 사랑을 맹세합니다. 철천지원수인 캐풀릿과 몬터규 가문 자제들의 사랑은 결국 비극으로 끝나지만, 그 어떤 견고한 사회적 제약도 이들의 사랑을 가로막을 수는 없었습니다.

외부의 제약을 뛰어넘는 사랑을 해본 적이 있나요?

강요된 운명이 사랑을 가로막는다면, 어떤 선택을 할 건가요?

나만의 해시태그　　#　　　　　　　　#
　　　　　　　　　　　#　　　　　　　　#
　　　　　　　　　　　#

내가 이렇듯 많은 것을 지니고 있는데도, 그녀를 향한 마음이 모든 것을 삼켜 버리네. 내가 이렇듯 많은 것을 지니고 있는데도, 그녀 없이는 모든 것이 쓸모없다네.

김인순 옮김, 열린책들, 2009년, 139쪽

●●● 약혼자가 있는 여인 로테에게 첫눈에 반한 젊은 청년 베르테르. 그는 누구에게도 말하지 못할 비밀을 친구 빌헬름에게 편지로 털어놓습니다. 이루어질 수 없는 사랑, 로테를 향한 마음이 걷잡을 수 없이 커지자 슬픔을 견디지 못한 베르테르는 끝내 자멸을 택합니다. 그의 사랑이 얼마나 격정적이고 중독적이었는지를 보여 주는 문장입니다. 우리는 흔히 사랑을 더하기라고 생각하지만 베르테르의 감정은 사랑을 제외한 삶의 가치를 모두 지워버리는 지독한 몰입이었습니다.

베르테르가 '젊지 않았더라면' 결말은 달랐을까요?

사랑의 격정이 사그라드는 것은 정말 나이 때문일까요?

나만의 해시태그　　#　　　　　　　　　#
　　　　　　　　　　　#　　　　　　　　　#
　　　　　　　　　　　#

아름다운 집에 사는 아름다운 여자는 부대에 막사가 있는 것만큼이나 자연스러웠다. 그 집에는 짙은 신비감이 깃들어 있었다. 가장 아름답고 시원한 침실이 있으며 복도마다 화려하고 즐거운 일이 벌어질 것만 같았다. 그 집에는 생생하게 약동하며 번쩍거리는 최신 자동차 냄새를 풍기는 로맨스가 있을 것 같았다. 곰팡내가 풀풀 나서 라벤더 보존제와 함께 처박아둔 로맨스 같은 건 찾아볼 수 없었다. 그 집에는 좀처럼 시들 줄 모르는 꽃으로 가득 찬 무도회가 있을 듯싶었다.

이종인 옮김, 현대지성, 2024년, 201쪽

●●● 가난한 농부의 아들 개츠비는 화려한 여인 데이지와 사랑에 빠집니다. 하지만 그가 전쟁에 나간 사이, 데이지는 부와 안전을 보장해줄 다른 남자와 결혼하고 말았죠. 개츠비는 불법적인 방식까지 동원해 막대한 부를 쌓아 과거의 사랑을 되찾으려 했지만 그의 꿈은 끝내 이뤄지지 않았습니다. 개츠비는 데이지에게 남편을 사랑한 적이 없다고 말하라며 과거를 부정하길 요구합니다. 그는 데이지라는 실체를 지운 채, 자신이 만든 이미지와 과거의 감정을 사랑한 것은 아닐까요? 그럼에도 피츠제럴드는 왜 이 인물을 위대하다고 표현했을까요?

맹목적인 감정에 빠져본 적이 있나요?

환상이 깨질 것을 알면서도 전부를 걸 수 있다면,

그 선택을 위대하다고 부를 수 있을까요?

나만의 해시태그　　　#　　　　　　　　#

　　　　　　　　　　　#　　　　　　　　#

　　　　　　　　　　　#

귀스타브 플로베르
『마담 보바리』

바로 옆에서 그녀를 둘러싸고 있는 모든 것, 지루한 시골, 어리석은 소시민들, 초라한 생활은 이 세상 속에서 하나의 예외, 그녀가 걸려든 특별한 우연인 것 같았다. 반면 저 너머에는 행복과 정열의 거대한 나라가 까마득히 펼쳐져 있었다. 그녀는 욕망에 사로잡혀 마음의 기쁨, 우아한 습관, 섬세한 감정을 사치의 쾌락과 혼동하고 있었다. (…) 그러므로 달빛 아래에서의 한숨, 긴 포옹, 내맡긴 손 위로 흐르는 눈물, 육체의 모든 흥분과 사랑의 번민은 한가로움이 가득한 거대한 성채의 발코니, 두꺼운 융단과 화분이 가득한 화분대와 단상에 놓인 침대를 갖춘 비단 장막이 드리워진 규방과 떼어 놓을 수 없었고, 또한 보석의 광채나 하인들 제복의 어깨끈 장식과도 떼어 놓을 수 없는 것이었다.

진인혜 옮김, 을유문화사, 2021년, 96쪽

●●● 엠마 보바리는 샤를과의 단조로운 결혼 생활에 권태를 느낍니다. 그러던 중 무도회에서 목격한 상류층의 화려한 삶이 그녀 안에 잠자던 욕망을 깨웠지요. 그녀는 사랑이란 극적인 감정과 낭만적인 분위기 그리고 쾌락이 어우러진 특별한 환경에서만 존재한다고 믿게 됩니다. 감정의 본질을 외피와 혼동하며 현실 감각을 잃어버린 것이죠. 엠마는 열정적이고 화려한 사랑을 추구하며 현실을 회피하려 했지만, 그 끝에 남은 것은 지독한 공허함뿐이었습니다.

나만의 해시태그　　　#　　　　　　　　#

　　　　　　　　　　　#　　　　　　　　#

　　　　　　　　　　　#

"내가 자네를 속인다고 생각하나?" 공작이 물었다.

"아니! 나는 자네를 믿네. 하지만 이해할 수는 없어. 내게는 자네의 연민이 나의 사랑보다 더 크게 느껴지거든."

그의 눈빛에는 마음속 모든 것을 토해내고 싶은 격렬한 욕망과 참을 수 없는 분노가 한데 뒤섞여 번뜩이고 있었다.

"자네의 사랑에는 증오가 섞여 있네. 그러니 그 사랑이 식고 나면, 더없이 큰 비애가 닥칠 거야. (…) 자네는 훗날, 지금의 사랑과 그녀 때문에 겪는 모든 고통 때문에 결국 그녀를 증오하게 될 걸세."

••• 소설 속 미슈킨 공작은 '백치'라 불립니다. 타인의 악의조차 선의로 받아들이는 그의 성정이 사람들 눈에는 바보처럼 보였기 때문이죠. 하지만 사실 공작은 타인의 영혼 깊은 곳까지 꿰뚫어 보는 통찰력을 지녔습니다. 그는 로고진과 한 여인을 두고 대립하지만, 그녀를 소유하려는 로고진과 달리 그녀의 선택을 존중하며 물러섭니다. 그러면서도 로고진의 집착 때문에 닥쳐올 비극을 경고하죠. 우리는 종종 타인을 자신의 기대 속에 가두곤 합니다. 그 기대가 깨지는 순간 사랑은 증오로 변질되고, 그 마음은 독이 되어 결국 스스로를 아프게 합니다.

나와 상대의 감정이 서로 다르게 흘러간 경험이 있나요?

타인의 감정이 내 기대와 어긋날 때,

관계와 스스로를 지키기 위해 어떤 선택을 할 수 있을까요?

나만의 해시태그   #   #

#   #

#

한 걸음 더

타인의 인형이 되어 자신의 생을 미뤄둔 **노라**

가문의 이름마저 내던진 **로미오와 줄리엣**

이루어질 수 없는 사랑에 매달려 삶을 저버린 **베르테르**

지나간 환상을 되찾으려 무모하게 삶을 던진 **개츠비**

이들이 어리석어 보이나요?

우리는 누군가를 사랑한다고 믿으면서도, 정작 나의 마음과 상대를

있는 그대로 바라보는 일에는 이토록 서툴고 미숙합니다.

## 2장

상처가

아문 자리에

남은 얼굴

아니, 나는 당신이 어디까지나 원 없이 복수해주기를 바라고 있습니다. 그게 진정으로 바라는 일입니다. 오늘 이렇게 당신을 불러서 굳이 내 마음을 털어놓은 것도 실은 당신에게 당하는 복수의 일부라고밖에 생각하지 않습니다. 나는 사회적으로 이미 죄를 지은 것이나 다름없습니다. 하지만 나는 원래 그렇게 태어난 사람이니까 죄를 범하는 것이 내게는 자연스러운 일입니다. 세상에 죄를 짓더라도 당신 앞에서 참회할 수 있다면 그걸로 충분합니다. 그보다 기쁜 일은 없습니다.

노재명 옮김, 현암사, 2017년, 269쪽

••• 5년 전, 다이스케는 자신이 연모하는 미치요와 절친한 친구 히라오카의 결혼을 주선합니다. 우정을 위해 자신의 마음을 감춘 것이지요. 하지만 둘의 결혼 생활은 불행했고, 뒤늦게 이를 알게 된 다이스케는 그녀를 돕는 과정에서 묻어두었던 감정과 재회합니다. 개인의 욕망과 사회적 도리 사이에서 갈등하던 그는 결국 모든 것을 잃을 위험을 감수하고 그녀에게 고해성사하듯 진심을 고백합니다.

자신의 감정을 멈추지 못하는 다이스케를 어떻게 생각하나요?
그의 고백은 상대를 위한 사랑이었을까요,
괴로움에서 해방되기 위한 투항이었을까요?

나만의 해시태그   #   #
                       #   #
                       #

## 053

라이너 마리아 릴케
『말테의 수기』

운명은 숱한 문양과 형상들을 만들어 내는 것을 좋아한다. 운명의 난점은 그 복잡함에 있다. 반면에 삶은 그 단순함으로 어려움을 겪는다. (…) 단호하면서도, 운명에서 벗어난 모습으로, 마치 영원한 존재처럼 여인은 자꾸만 변하는 남자의 옆자리를 지킨다. 사랑을 하는 여인은 사랑을 받는 남자를 언제나 능가하니, 이는 삶이 운명보다 더 위대하기 때문이다. 여인의 헌신은 무한을 지향한다. 이것이 바로 여인의 행복이다. 그러기에 여인의 사랑이 겪는 말할 수 없는 고통은 항상 사랑의 헌신을 줄이도록 요구당하는 것, 바로 그것이었다.

김재혁 옮김, 을유문화사, 2025년, 222쪽

••• 시인 라이너 마리아 릴케의 유일한 장편 소설이자 자전적 기록인 『말테의 수기』는 스물여덟의 무명 시인 말테가 고독과 불안 속에서 삶의 근본적인 문제를 탐구하며 써 내려간 단상입니다. 그 중심에는 언제나 '사랑'이 놓여 있습니다. 말테는 성자가 신을 통해 운명을 초월하듯, 여자 또한 불완전한 관계를 넘어 고독 속에서 사랑이라는 운명을 오롯이 받아내야 한다고 보았습니다. 보답받지 못하면서도 멈추지 않는 그 마음은 상처가 아문 자리에 어떤 흔적을 남길까요?

헌신적인 사랑이 고통으로 번진다면 그 자리에서 멈춰야 할까요?

상처를 견디며 인내하는 마음도 사랑의 일부라 말할 수 있을까요?

나만의 해시태그   #   #
                          #   #
                          #

## 054

에밀리 브론테
『폭풍의 언덕』

모든 것이 멸망하더라도 그가 있다면 나도 여전히 사는 거야. 반면 모든 것이 남아 있더라도 히스클리프가 없어진다면, 온 세상이 막막하고 낯선 곳으로 변할 거야. 내가 이 세상의 일부라는 느낌도 들지 않을 거야. 린턴에 대한 내 사랑은 숲속의 나뭇잎 같은 거야. 시간에 따라 변하는. 겨울이 오면 나무가 변하는 것처럼 말야. 나는 그걸 잘 알고 있어. 하지만 히스클리프에 대한 내 사랑은 나무 아래 있는 영원히 변치 않는 바위 같아서, 눈에 띄는 즐거움을 주지는 않지만 꼭 필요한 거야. 넬리, 내가 바로 히스클리프야. 히스클리프는 항상, 항상 내 마음속에 있어. 내가 항상 나로 인해 즐겁지는 않듯이 히스클리프도 항상 나에게 즐거움을 주진 않지. 하지만, 그 애는 항상 나 자신으로 있어. 그러니까 다시는 우리가 헤어지느니 마느니 하지 마.

전승희 옮김, 열린책들, 2024년, 137쪽

●●● 캐서린은 아버지가 데려온 아이, 히스클리프와 어린 시절부터 함께 자라며 영혼까지 통하는 깊은 유대를 나눕니다. 하지만 그녀는 결국 부유한 지주의 아들 린턴과의 결혼을 택합니다. 린턴의 아내가 되어 히스클리프를 돕겠다는 마음 때문이었지요. 하지만 그 영악한 계산은 히스클리프에게는 모욕을, 자신에게는 영혼의 분열이라는 깊은 상처를 남겼습니다. 캐서린은 하녀 넬리에게 '나보다 더 나 자신' 같은 히스클리프에 대한 진심을 털어놓습니다.

'나보다 더 나 자신' 같은 사람을 만나본 적이 있나요?

누군가를 위한다는 명분으로 자신의 안락함을 선택한 적은 없나요?

나만의 해시태그   #   #

#   #

#

## 055

나쓰메 소세키
『마음』

선생님은 항상 조용했다. 어느 날은 너무 조용해서 적적할 정도였다. 나는 처음부터 선생님에게는 곁에 다가가기 힘든 신비한 데가 있다고 생각했다. 그러면서도 가까이 다가가지 않고는 견딜 수 없다는 느낌이 마음속 어디선가 강하게 작동하고 있었다. 선생님에게 그런 느낌을 품었던 것은 수많은 사람들 중에 어쩌면 나뿐인지도 모른다. 하지만 그런 나만의 직감이 나중에 사실로 입증되었기 때문에 내가 아직 어렸다느니 바보 같았다느니 하는 비웃음을 사더라도 그것을 알아차린 나 스스로의 직감만은 어쨌든 미덥게, 그리고 기쁘게 생각한다. 인간을 사랑할 줄 아는 사람, 사랑하지 않고서는 견딜 수 없는 사람, 그러면서도 자신의 품에 들어오려는 사람을 팔 벌려 껴안아 주지 못하는 사람, 그게 선생님이었다.

양윤옥 옮김, 열린책들, 2022년, 23–24쪽

••• 젊은 화자 '나'는 우연히 만난 '선생님'에게 강렬한 이끌림을 느낍니다. 타인과 거리를 두며 고독하게 살아가던 선생님은 꾸준히 다가오는 '나'에게 서서히 곁을 내주었죠. 그러던 어느 날, 선생님은 스스로 생을 마감합니다. 그가 남긴 유서에는 차마 밝힐 수 없었던 무거운 비밀이 담겨 있었습니다. "나는 죽기 전에 단 한 사람이라도 좋으니, 다른 사람을 신뢰하고 죽고 싶다네. 자네가 그 사람이 되어줄 수 있겠나?" 화자는 그제야 선생님이 인간을 사랑하면서도 과거의 죄책감 때문에 평생 자신을 벌하며 살아왔음을 알게 됩니다.

누군가의 상처를 들여다보려 애쓴 적이 있나요?

평생 지워지지 않는 상처를 입은 사람을 어떻게 보듬을 수 있을까요?

나만의 해시태그　　　#　　　　　　　　　　　#

　　　　　　　　　　　#　　　　　　　　　　　#

　　　　　　　　　　　#

## 056

김시습
「만족사저포기」

지난번 하룻밤 그대 만나 마음을 맺었으니,

저승과 이승이 서로 떨어져 있다 해도

진실로 물고기와 물의 즐거움을 다하면서

백 년토록 함께 늙어가려 했는데,

이렇듯 하루 저녁 지내고 슬퍼할 줄 어찌 알았으랴.

(…) 영혼 모신 휘장 마주하면 눈물 터지고

향기로운 술 따르면 더욱더 가슴 아파라.

어여쁜 모습이 느껴지고

낭랑한 말소리 생각나네.

아! 슬프도다.

그대 성품 총명하고 지혜로웠으며

그대 기운 맑았나니

삼혼三魂 이제 흩어진들

영령이야 없어지리까.

『금오신화』, 김풍기 옮김, 현대지성, 2024년, 40–41쪽

••• 우리나라 최초의 소설이자 조선 최고의 판타지 문학『금오신화』 「만복사저포기」의 한 대목입니다. 부모를 여의고 절에서 홀로 살던 양생은 부처님과의 저포놀이(주사위 놀이)에서 이긴 대가로 아리따운 여인과 연을 맺었지만, 그녀는 이미 이 세상 사람이 아니었습니다. 양생이 통곡하며 지어 올린 이 제문(祭文)에는 생사를 넘어서라도 닿고 싶은 절절한 사랑이 담겨 있습니다.

사랑하는 이를 잃은 양생에게 어떤 위로를 전하고 싶나요?

생사마저 뛰어넘는 사랑의 본질은 무엇일까요?

나만의 해시태그　　　#　　　　　　　#

　　　　　　　　　　　#　　　　　　　#

　　　　　　　　　　　#

## 057

김억
「오다 가다」

오다 가다 길에서

만난 이라고

그저 보고 그대로

갈 줄 아는가.

뒷산은 청청靑靑

풀 잎사귀 푸르고

앞바단 중중重重

흰 거품 밀려 든다.

산새는 죄죄

제 흥興을 노래하고

바다엔 흰 돛

옛 길을 찾노란다.

(…)

••• 『조선시단』에 실린 김억의 시입니다. 산새는 흥에 겨워 노래하고 뒷산과 앞바다는 오늘도 변함없이 의연합니다. 오직 사람의 마음만 짧은 인연이 스쳐 간 자리에 서성이고 있습니다. 덧없는 인연은 유독 애틋하고 놓아주기 어렵게 느껴지지요. 하지만 나의 마음이 이토록 애달픈 이유는 어쩌면 상대가 떠났기 때문이 아니라, 곁에 머물다 사라지는 것들을 자연스럽게 떠나보내는 법을 아직 배우지 못했기 때문인지도 모릅니다.

삶에서 무언가를 떠나보내야만 했던 순간이 있나요?

이별을 자연스러운 순리로 받아들일 수 있다면,

지금 곁에 머무는 인연에 조금 더 충실할 수 있을까요?

나만의 해시태그　　　#　　　　　　　　　#

　　　　　　　　　　　　#　　　　　　　　　#

　　　　　　　　　　　　#

한 걸음 더

다이스케에게 사랑은 친구를 배신하는 '죄'였고

말테에게는 무한을 지향하는 '헌신'이었으며

캐서린에게는 폭풍이 쳐도 '영원히 변치 않는 바위'였고

양생에게는 생사를 초월한 '슬픈 기적'이었습니다.

이처럼 사랑과 그 상처는 수천 가지 흔적으로 남습니다.

당신의 사랑은 지금 어떤 모습인가요?

곁에 서는 연습

## 058

가스통 르루
『오페라의 유령』

내 손에는, 내 손에는 그녀에게 주었지만 그녀가 잃어버렸고 내가 다시 찾은 금반지가 있었지, 결혼반지 말이오! 그녀의 작은 손에 슬며시 쥐어 주며 말했어. '자, 이걸 받아요! 당신을 위해, 그를 위해 받아요. 내 결혼 선물이요. 가엾고 불쌍한 에릭의 선물이지. 당신이 그 사람을, 그 젊은 남자를 사랑한다는 것을 아오. 이제 울지 마시오!' 그녀는 더없이 부드러운 목소리로 무슨 뜻이냐고 물었지. 그래서 설명했더니 바로 이해하더군. 그녀에게 나라는 사람은 죽을 준비가 되어 있는 가엾은 개에 불과할 뿐이고 그녀가 원하면 언제나 그 젊은 남자와 결혼할 수 있다고 했지…… 나와 함께 울어 주었으니까……. 아! 다로가, 그녀에게 이런 말을 했을 때 나는 내 심장을 정말 평온하게 네 토막으로 잘라 내는 것 같았어. 그렇지만 그녀는 나와 함께 눈물을 흘려 주었지, 이렇게 말하면서……. '가엾고 불쌍한 에릭!'

신소영 옮김, 허밍버드, 2020년, 478–479쪽

●●● 파리 오페라하우스 지하에 숨어 살던 에릭은 크리스틴의 목소리에 매료되어 그녀의 비밀스러운 스승을 자처합니다. 에릭의 지도 덕분에 크리스틴은 최고의 오페라 스타로 거듭나지만, 그녀의 마음은 어린 시절 친구인 라울을 향합니다. 질투에 눈이 멀어 크리스틴을 납치한 에릭은 마지막 순간 자신을 위해 진심 어린 눈물을 흘리는 그녀 앞에서 무너져 내립니다. 결국 그는 평생 갈구했던 사랑을 소유하는 대신 그녀의 행복을 위해 스스로 물러나는 길을 택합니다.

나만의 해시태그 　 # 　 　 　 　 #

　 　 　 　 　 　 # 　 　 　 　 　 #

　 　 　 　 　 　 #

## 059

패멀라 린던 트래버스
『메리 포핀스』

바람이 시끄럽게 울부짖으며 우산 속으로 미끄러져 들어오더니, 메리 포 핀스의 손에서 우산을 빼앗아 가려는 것처럼 위로 훌쩍 들어 올렸다. 하 지만 그녀는 우산을 꽉 붙잡았다. 그리고 그것이야말로 바람이 원하는 일임이 분명했다. 바람은 우산을 하늘 높이 들어 올려 메리 포핀스를 땅 에서 떼어 놓았으니까. 바람에 두둥실 떠 오른 메리 포핀스의 두 발이 정 원에 난 오솔길 위로 떠올랐다. 바람은 메리 포핀스를 대문 위까지 들어 올리더니 길에 서 있는 벚나무들의 가지 쪽으로 계속 밀고 올라갔다.
"가고 있어, 누나! 아줌마가 떠나고 있어!"
마이클이 울며 소리쳤다.

윤이형 옮김, 허밍버드, 2017년, 299쪽

••• 우산을 타고 날아왔다가 임무를 마치자 홀연히 떠나버린 메리 포 핀스. 겉으로는 쌀쌀맞고 까칠해 보이지만, 그녀는 자신만의 방 식으로 아이를 보살피는 유모였습니다. 지나치게 감정을 드러내 지 않고 적당한 거리를 유지하면서도 꼭 필요한 순간에는 어김없 이 나타나 아이가 상상의 나래를 펼치도록 꿈같은 모험으로 초대 했지요. 뱅크스 남매는 무심한 듯 따뜻한 애정에 서서히 마음을 열고 그녀에게 스며들었습니다.

메리 포핀스의 무뚝뚝한 표현이 더 큰 감동을 주는 이유는 무엇일까요?

사랑하는 사람과 적당한 거리를 유지하려면 어떻게 해야 할까요?

나만의 해시태그　　#　　　　　　　　#
　　　　　　　　　　　#　　　　　　　　#
　　　　　　　　　　　#

## 060

사마천
『**사마천 사기56**』

나는 세 번 벼슬을 했다가 세 번 모두 군주에게 쫓겨나는 신세가 되었지만 포숙은 나를 무능하다고 하지 않았다. 내가 시운을 만나지 못한 것을 알았기 때문이다.

그리고 내가 세 번을 싸워 세 번 모두 패하여 달아났지만 포숙은 나를 겁쟁이라고 말하지 않았다. 나에게 늙으신 어머니가 있기 때문이라는 것을 알았기 때문이다.

(…) 나를 낳아준 사람은 부모지만 나를 알아주는 이는 포숙이다!

소준섭 편역, 현대지성, 2016년, 210쪽

••• 중국에서 가장 오래되고 권위 있는 역사서『사기』에는 중국 춘추 시대 관중과 포숙아의 깊은 우정 이야기가 실려 있습니다. 관중은 장사할 때 이익을 더 가져가도, 출세에 번번이 실패해도 매번 친구의 처지를 깊이 헤아리고 믿어준 포숙이 있었기에 훗날 명재상이 될 수 있었습니다. 자신의 단점까지 따뜻하게 감싸 안아주는 이를 곁에 둔 삶은 얼마나 든든할까요. 이들의 이야기에서 유래한 두터운 우정을 뜻하는 고사성어 '관포지교(管鮑之交)'에는 이처럼 상대의 본심을 오해 없이 읽어내며 묵묵히 그 곁을 지키는 둘의 관계가 담겨 있습니다.

나만의 해시태그

\# \#

\# \#

\#

## 061

보리스 파스테르나크
『닥터 지바고』

일상의 모든 것은 뒤집히고 파괴되었어요. 남은 것이라곤 일상과는 무관하고 그 어디에도 매이지 않는, 실오라기 하나 없이 벌거벗은 영혼의 힘뿐이에요. 하지만 영혼은 아무것도 달라지지 않았어요. 줄곧 추위에 몸을 떨며 바로 곁에 있는 자신과 마찬가지로 벌거벗고 외로운 영혼을 향해 손을 뻗고 있었으니까요. 당신과 나는 세상의 시작에서 아무것도 걸칠 수 없었던 최초의 인간, 아담과 이브 같아요. 지금 세상의 끝에서 우리도 그들처럼 벌거벗은 채 집도 없이 있잖아요. 당신과 나는 그들과 우리 사이의 수천 년 동안 창조된 헤아릴 수 없이 위대한 모든 것의 마지막 기억이에요. 사라져버린 그 기적들을 기리기 위해 우리는 숨을 쉬고, 사랑하고, 울고, 서로를 붙든 채 서로에게 바싹 기대어 있어요.

• • • 러시아 혁명과 내전이라는 격동의 시대를 배경으로 한 『닥터 지바고』는 모든 일상이 파괴된 혼란 속에서도 끝내 살아남는 인간의 숭고함을 다룹니다. 우랄산맥의 외딴 별장에 고립된 유리와 라라는 문명이 무너진 자리에 홀로 남겨진 태초의 인류 아담과 이브를 떠올리게 합니다. 지독한 추위와 배고픔 속에서도 이들이 서로에게 기대어 숨 쉬는 이유는, 오직 사랑만이 시대의 폭력에 대항할 수 있는 유일한 힘이기 때문입니다.

나만의 해시태그   #   #

　　　　　　　　　　　 #   #

　　　　　　　　　　　 #

소유하려는 욕망을 꺾고 상대를 놓아준 **오페라의 유령**

관계의 깊이를 위해 적당한 거리를 지킨 **메리 포핀스**

세상을 등질지언정 서로를 의심하지 않았던 **관중과 포숙아**

폐허 속에서 서로에게 의지하며 온기를 나눈 **닥터 지바고와 라라**

지금 나에게 가장 절실한 '사랑의 능력'은 무엇인가요?

관계를 가꾼다는 것

## 062

윌리엄 셰익스피어
『리어왕』

제가 전하의 은총과 총애를 잃은 것은

사악한 오점이나 살인, 추잡한 행위나

부끄러운 처신 때문이 아닙니다.

도리어 없음으로써 저를 더 풍요롭게 하는 것,

비록 가지지 못해 전하의 총애를 잃었을지언정,

도리어 가지지 않아 저는 기쁜

끊임없이 갈구하는 눈빛과 혀가 없기 때문입니다.

• • • 노년의 리어왕은 세 딸에게 왕국을 나누어주기 전, 자신을 얼마
나 사랑하는지 묻습니다. 첫째와 둘째 딸은 영토를 얻기 위해 과
장된 아첨을 늘어놓지만, 막내딸 코델리아는 침묵에 가까운 진
솔한 고백을 택했다가 추방당하고 맙니다. 비록 아버지의 총애
를 잃을지언정 아첨하는 혀를 갖지 않아 오히려 부유하다고 말
하는 그녀에게서 단단한 자존감이 느껴집니다. 딸들에게 내몰린
리어왕이 광야를 헤맨 뒤에야 뒤늦게 깨달았듯, 뿌리 깊은 관계
는 화려한 말보다 고요한 진심에서 비롯됩니다.

나만의 해시태그　　#　　　　　　#
　　　　　　　　　　　#　　　　　　#
　　　　　　　　　　　#

## 063

제인 오스틴
『오만과 편견』

'얼마나 한심하게 굴었는지!' 그녀가 탄식했다. '분별력을 자랑스러워하던 내가! 내 능력을 소중하게 여기고 언니의 착한 마음을 종종 놀리면서 쓸모없고 비난받을 불신에 빠져 잘난 척했어. 정말 망신스러워! 하지만 망신당해도 싸지! 사랑에 빠졌더라도 이보다 더 비참하게 맹목적일 수 없었겠지. 사랑이 아니라 허영이 나의 문제야. 나를 편애하는 사람을 좋아하고 나를 무시하는 사람에게 분노해서 그를 만난 순간부터 두 남자에 관한 일이라면 편견과 무지를 좇아 이성을 저버렸으니까. 여태 나는 나를 까맣게 몰랐어.'

조선정 옮김, 을유문화사, 2013년, 205–206쪽

••• 엘리자베스는 다아시의 냉소적인 태도를 보고 그가 오만하다는 편견에 빠집니다. 반면 달콤한 말만 늘어놓는 위컴에게는 호감을 느끼지요. 하지만 진정으로 자신을 아낀 이가 다아시였다는 사실을 깨닫는 순간, 그녀는 충격에 빠졌죠. 타인의 오만을 탓하느라 정작 자신의 편견이 얼마나 오만한 것이었는지 보지 못했기 때문입니다. 다아시 역시 완벽한 조건을 갖춘 자신을 누구나 좋아할 것이라는 착각이 오만이었음을 깨닫습니다. 사랑은 이처럼 자신의 한계를 자각하는 순간에 시작되기도 합니다.

오만이나 편견으로 소중한 관계를 놓친 경험이 있나요?

더 건강한 관계를 맺기 위해 내려놓아야 할 마음은 무엇일까요?

나만의 해시태그　　　#　　　　　　　　　　　#
　　　　　　　　　　　#　　　　　　　　　　　#
　　　　　　　　　　　#

## 064

레프 톨스토이
『사람은 무엇으로 사는가』

그들에게 남은 마지막 빵조각을 나그네가 먹었고, 내일 먹을 빵도 없는데 셔츠와 바지까지 내주었다는 생각이 들자, 갑자기 속상했다. 하지만 그가 미소 짓던 게 떠오르자, 기뻐서 심장이 두근거렸다.

홍대화 옮김, 현대지성, 2021년, 21쪽

●●● 나에게 여유가 있어야만 남을 도울 수 있을까요? 당장 내일 먹을 음식도 부족한 가난한 부부는 길거리에 쓰러져 있던 헐벗은 청년에게 빵을 내어주고 입고 있던 옷까지 벗어 입혀줍니다. 그리고 알 수 없는 기쁨을 느끼지요. 톨스토이는 사람이 자신에 대한 염려로 살아가는 것처럼 보이지만, 사실은 사랑 하나만으로 살고 있다고 말합니다.

나만의 해시태그　　#　　　　　　　　#

　　　　　　　　　　　　#　　　　　　　　#

　　　　　　　　　　　　#

## 065

에리히 프롬
『사랑의 기술』

꽃을 사랑한다고 말하면서도 꽃에 물을 주는 것을 잊어버린 여자를 본다면, 우리는 그녀가 꽃을 '사랑한다고' 믿지 않을 것이다. "사랑은 사랑하고 있는 자의 생명과 성장에 대한 우리의 적극적 관심이다."

황문수 옮김, 문예출판사, 2019년, 47쪽

●●● 에리히 프롬은 사랑이 우연히 '빠지는' 감정이 아니라 의지로 '참여'하는 것이라고 말합니다. 그는 사랑이 단순한 본능이 아니라 배우고 끊임없이 연마해야 할 기술이자 능력임을 강조하지요. 하지만 효율과 이익을 중시하는 사회 구조는 사랑과 결혼마저 상품처럼 취급하며 성숙한 관계를 맺지 못하게 방해합니다. 이를 극복하기 위해 프롬은 개인의 부단한 노력과 적극적 관심이 필요하다고 주장합니다. 관계를 가꾼다는 것은 내 곁의 존재가 시들지 않도록 매일 정성껏 물을 주는 일과 같습니다.

나만의 해시태그 # #

# #

#

## 066

버트런드 러셀
『행복의 정복』

행복을 가져오는 사랑은 다른 사람들을 관찰하기를 좋아하고 개인들의 특성 속에서 기쁨을 느끼는 사랑이며, 만나는 사람들을 지배하려고 하거나 열광적인 찬사를 받아내려고 하는 대신, 그들의 관심과 기쁨의 폭을 넓혀주려고 하는 사랑이다. 이런 태도로 다른 사람들을 대하는 사람은 사람들에게 행복을 가져다주는 원천이 될 것이며, 그 대가로 친절을 되돌려받을 것이다.

이순희 옮김, 사회평론, 2005년, 168쪽

●●● 러셀은 불행을 겪고 있는 사람이라도 자신의 상황을 정확히 진단하고 바람직한 방향으로 노력하면 행복해질 수 있다고 믿었습니다. 지나치게 자신에게만 몰두하거나 남과 경쟁하는 행위, 이유 없는 걱정과 죄의식, 피해망상에서 벗어나야 행복을 '정복'할 수 있다는 것이지요. 행복을 정복하는 가장 확실하고 쉬운 방법은 바로, 사랑 아닐까요? 관계를 가꾼다는 것은 상대를 내 입맛대로 바꾸는 것이 아니라 그의 고유한 특성을 발견하고 그가 더 넓은 세상으로 나아가도록 돕는 일입니다.

나만의 해시태그 #   #
             #   #
             #

## 067

단테 알리기에리
『새로운 인생』

사랑과 고결한 마음은 본래 하나이지요

현자가 그의 시에서 노래한 것처럼.

하나는 다른 하나 없이 존재할 수 없지요

이성 잃은 영혼이 존재할 수 없는 것처럼.

자연은 사랑에 빠질 때 이 둘을 만드나니

사랑의 신은 주인으로, 마음은 거처로 삼지요.

사랑은 마음 안에 잠들어 휴식을 취하나니

때로는 짧은, 때로는 긴 시간 동안 말이지요.

그러다 지혜로운 여인의 아름다움이 나타나

눈을 즐겁게 하니, 어느덧 마음속에는

아름다움을 향한 갈망이 피어나지요.

그 갈망은 마음속에 오래도록 머물다가

마침내 잠자던 사랑의 신을 깨우지요.

••• 『새로운 인생』은 단테가 평생의 사랑 베아트리체를 기리며 엮은 시문집입니다. 아홉 살에 그녀를 처음 만나 사랑에 빠진 순간부터 그녀가 세상을 떠난 뒤 느낀 깊은 상실감을 극복하는 과정까지 고스란히 담겨 있지요. 친구가 '사랑이 무엇이냐'고 묻자 단테는 이 소네트로 답합니다. 사랑이란 타인이라는 아름다움을 마주하고, 내 안에 잠들어 있던 고결한 마음이 마침내 깨어나는 일이라고요.

지금 당신의 마음에도 소중한 존재가 깃들어 있나요?

누군가 당신에게 사랑이 무어냐고 묻는다면 어떻게 대답하고 싶나요?

나만의 해시태그　　　#　　　　　　　　　　　#

　　　　　　　　　　　#　　　　　　　　　　　#

　　　　　　　　　　　#

한 걸음 더

관계를 아름답게 가꾸려면 경계해야 할 것들이 있습니다.

리어왕을 파멸로 이끈 과장된 아첨,

다아시와 엘리자베스를 가로막은 **오만과 편견**이 그렇지요.

반면 아낌없이 내어주며 **사람은 무엇으로 사는가**를 보여준 톨스토이와

매일 꽃에 물을 주듯 정성을 들이라는 프롬의 **사랑의 기술**은

마음 깊이 새겨야겠습니다.

관계를 가꾸고 행복을 정복하는 방법, 이제 당신에게 듣고 싶습니다.

조금 더 깊이

3부에서 가장 인상 깊었던 구절과 질문을 적어보세요.

그 이유는 무엇인가요?

조금 더 깊이

누구든 그 자체로 온전한 섬은 아니다.
모든 인간은 대륙의 한 조각이며 대양의 일부다.
그러니 누구를 위하여 종이 울리는지
알고자 사람을 보내지 말라.
종은 그대를 위해 울리는 것이니.

— 존 던, 「누구를 위하여 종은 울리나」 중에서

4부
사회와 정의

우리의 숲을
가꾸기 위하여

세상이라는 거대한 숲에 첫발을 내디딜 때, 우리는 그저 길을 잃지 않으려 애쓰는 작은 존재입니다. 하지만 숲은 생각보다 훨씬 복잡하고 정교합니다. 촘촘히 들어선 국가, 법, 경제라는 나무는 우리를 지키는 울타리가 되어주기도 하지만, 가끔은 짙은 그늘을 드리우기도 하지요.

지금껏 당연하다고 믿어온 사회 질서는 사실 상상의 약속 위에 세워졌습니다. 그 약속이 인간을 지키는 대신 오직 시스템 유지와 효율만을 위해서 작동할 때 문제가 발생합니다. 공정해야 할 법이 누군가에게는 빠져나가기 쉬운 성근 그물이 되고, 누군가에게는 숨통을 조이는 올가미가 되지요. 사회가 인간을 숫자로 재단하고 쓸모로 판단할 때, 숲은 서서히 병들기 시작합니다.

문득 궁금해집니다. 이 숲은 누구를 위한 것일까요? 모두를 위해 어떤 숲을 가꿔야 할까요?

흔들리는 이의 손을 가만히 잡아주는 마음, 부당함 앞에서 '옳지 않다'고 나직하게 읊조리는 양심, 안락함보다 자유를 택하는 용기. 그런 작고 뜨거운 마음이 모여 비로소 숲에는 따뜻한 햇살이 스며듭니다. 이제 나무가 아닌 숲을 보고, 상처 난 나무를 어루만지며 우리의 숲을 가꿀 차례입니다.

그 첫걸음으로 이 세상이 어떤 상상의 질서 위에 지어졌는지 살펴보겠습니다. 그리고 효율이라는 명분 아래 개인이 어떻게 소외되는지 직시하며, 진정한 정의의 본질을 되묻습니다. 고립을 넘어 연대로 내딛는 발걸음이, 우리가 함께 머무를 내일의 숲으로 향하길 바랍니다.

1장

상상으로

지은 세계

## 068

유발 하라리
『사피엔스』

우리가 특정한 질서를 신뢰하는 것은 그것이 객관적으로 진리이기 때문이 아니라, 그것을 믿으면 더 효과적으로 협력하고 더 나은 사회를 만들어낼 수 있기 때문이다. 상상의 질서란 사악한 음모도 무의미한 환상도 아니다. 그보다는 아주 많은 사람들이 효과적으로 협력할 수 있는 유일한 방법이다.

조현욱 옮김, 김영사, 2015년, 166쪽

●●● 유발 하라리는 7만여 년의 인류 역사를 인지혁명, 농업혁명, 과학혁명으로 요약합니다. 그는 사피엔스가 지구의 지배자가 될 수 있었던 결정적 원인으로 '인지혁명'을 꼽습니다. 사피엔스는 가상의 개념을 만들고, 그것을 집단적으로 신뢰하는 능력을 갖춘 유일한 종이었습니다. 국가, 민주주의, 종교, 돈과 같은 개념은 물리적 실체가 아닌 인류가 함께 쌓아 올린 상상의 질서입니다. 이 거대한 약속들은 흩어진 개인을 하나로 묶는 강력한 기반이 되었습니다.

"임금님이 아무것도 안 입었대. 저기 저 아이가 그러는데 아무것도 안 입었대."

"임금님이 벌거벗었다!" 마침내 사람들이 일제히 소리쳤다.

그 말을 들은 임금님은 온몸이 후들후들 떨렸다. 사람들의 말이 옳은 것 같았기 때문이다.

'그렇다고 행차를 그만둘 수는 없어.' 임금님은 이렇게 생각하며 더 당당하게 걸었다. 두 시종은 있지도 않은 임금님의 기다란 옷자락을 높이 쳐들고 의젓하게 임금님 뒤를 따라갔다.

『안데르센 동화 전집』, 윤후남 옮김, 현대지성, 2016년, 102쪽

• • • 「인어공주」, 「성냥팔이 소녀」 등의 동화로 우리의 유년 시절을 수놓은 덴마크의 아동문학가 안데르센은 아이들이 이해할 만큼 단순하면서도 어른의 마음을 깊숙이 찌르는 이야기를 남겼습니다. 이 동화 속 마을 사람들은 임금님이 존재하지 않는 '마법의 옷'을 입었다는 거짓말에 동조하며 자기 자신마저 속입니다. 임금님 또한 진실을 마주한 뒤에도 우스꽝스러운 행진을 멈추지 못하고, 위선을 인정하기보다 차라리 벌거벗은 모습을 보이길 택합니다.

나만의 해시태그　　#　　　　　　　　　#

　　　　　　　　　　　　　#　　　　　　　　　#

　　　　　　　　　　　　　#

## 070

소스타인 베블런
『유한계급론』

사회의 각 계층은 차상위층에서 유행하는 생활방식을 품위의 이상적 기준으로 받아들이면서, 그 기준에 부응하려고 최선을 다했다. 그들은 좋은 명성을 유지하고 또 자존심을 지키기 위하여 겉치레일지라도 그런 기준을 지키려 하는 것이다.

이종인 옮김, 현대지성, 2018년, 92쪽

••• '비쌀수록 잘 팔린다'는 명품 소비의 역설을 '베블런 효과'라 부릅니다. 20세기의 가장 독창적인 사회사상가로 평가되는 소스타인 베블런은 부를 생산하지 않고 타인의 노동에 기대어 살아가는 이들을 '유한계급'이라 정의했습니다. 베블런은 비교와 모방의 구조에 주목하며, 타인에게 자신의 부와 권력을 과시하기 위해 사치와 여가를 즐기는 행동이 사회 전체로 확산되는 상황을 경고했습니다.

나만의 해시태그　　　#　　　　　　　　　#

　　　　　　　　　　　　　#　　　　　　　　　#

　　　　　　　　　　　　　#

## 071

루스 베네딕트
『국화와 칼』

칼과 국화는 그림의 일부를 구성하는 요소다. 일본인은 극도로 호전적이면서도 유화적이며, 군국주의를 따르면서도 심미주의에 빠져 있고, 무례하면서도 예의 바르며, 경직된 한편 융통성이 있으며, 유순하지만 억압에 반발하며, 충성스러우나 신뢰할 수 없으며, 용감하면서도 소심하며, 보수적이지만 새로운 방식을 기꺼이 받아들인다.

왕은철 옮김, 현대지성, 2025년, 16–17쪽

● ● ●　문화인류학자 루스 베네딕트는 제2차 세계대전 중 미국 정부의 요청으로 일본의 민족성을 연구합니다. 당시 일본과 교전 중이던 미국은 일본인의 복잡하고 모순적인 특성을 파악하고자 했습니다. 그는 일본인의 성격이 마치 부드러운 '국화'와 날카로운 '칼'처럼 대조되는 면모를 동시에 지녔음을 발견합니다. 예의와 위계질서를 철저히 지키면서도 한편으로는 잔혹한 호전성을 드러내는 이 이중성은 사회의 시스템과 가치관이 그곳에 속한 인간을 어떻게 빚어내는지를 극명하게 보여줍니다.

나만의 해시태그　　#　　　　　　　　#
　　　　　　　　　　　#　　　　　　　　#
　　　　　　　　　　　#

자, 어서들 듭시다! 즐길 수 있을 때 실컷 즐기자고요. 우리의 개똥 철학자 스완톨드께서 말했듯이 인간은 한 줌 먼지에 불과하고, 벌레가 갉아먹을 때까지는 이 생에서 잠시 스쳐가는 삶 아니겠어요. 그래서 살아 있을 때 열심히 즐겨야 한다고 말하고 싶군요. 주 장관 나리, 그렇게 심각하실 필요 없습니다. 지금은 좋은 셰리주와 맘지 백포도주를 조금 드시고 계시지만 언젠가는 로빈 후드를 잡을 날이 있을지, 배에는 기름진 음식을 가득 채우고 머리에서 금덩이를 빼내게 될지 누가 안답니까? 그러니 즐기세요.

서미석 옮김, 현대지성, 2018년, 88쪽

●●● 한국에 임꺽정이 있다면 영국에는 로빈 후드가 있습니다. 부패한 권력자의 재물을 빼앗아 가난한 이들에게 나누어준 의적이죠. 로빈 후드는 자신을 잡으려 연회에 참석한 주 장관을 도리어 함정에 빠뜨리며 특유의 능청스러움과 여유를 보입니다. 마치 칼보다 웃음이, 분노보다 유희가 더 강하고 효과적인 저항이 될 수 있다는 듯 말이죠. 그래서인지 한 줌 먼지에 불과한 인생을 즐길 수 있을 때 즐기라는 그의 충고는 마냥 가볍게 느껴지지만은 않습니다.

나만의 해시태그   #   #

#   #

#

가상의 약속을 믿고 거대한 사회를 만든 **사피엔스**

집단의 침묵 속에서 가짜 권위를 지켜낸 **벌거벗은 임금님**

타인의 시선에 갇혀 끊임없이 부를 과시하는 **유한계급**

이제껏 눈에 보이지 않는 것들이 우리를 움직여왔습니다.

지금 당신이 머무는 사회는 또 어떤 상상으로 지어졌을까요?

그 견고한 질서 속에서 당신의 목소리를 잃어버리지는 않았나요?

부서진

사람들

## 073

헤르만 헤세
『수레바퀴 아래서』

교사는 자신의 반에 천재 한 명보다 둔재 여럿이 있는 편을 더 좋아한다. 곰곰이 따져보면 그럴 만도 하다. 교사의 소임은 비범한 인물을 길러내는 것이 아니라 라틴어와 계산에 능하고 성실한 시민을 육성하는 일이기 때문이다.

●●● 헤르만 헤세의 자전적 소설 『수레바퀴 아래서』는 순수하고 총명했던 소년 한스 기벤라트가 어른들의 억압에 병들어가는 과정을 그립니다. '수레바퀴'처럼 돌아가는 획일화된 시스템 아래 아이들은 각자의 개성을 버리고 매끄러운 부품이 되기를 강요받습니다. 시스템에 맞지 않는 생각이나 행동은 결함으로 간주되어 벌을 받고 학교에서 쫓겨났죠. 그렇게 한 아이가 가진 고유한 세계는 거대한 수레바퀴에 짓눌려 사라지고 맙니다.

나만의 해시태그　　#　　　　　　　#

　　#　　　　　　　#

　　#

## 074

프란츠 카프카
『변신』

이제 여동생은 그레고르가 무엇을 가져다주어야 마음에 들어할지 더는 고민하지 않고, 아침과 점심에 가게로 출근하기 전, 서둘러 아무 음식이나 그레고르의 방에 발로 밀어 넣었다. 그러고는 저녁이 되면 그것을 건드렸든 대개의 경우처럼 아예 건드리지 않았든 상관하지 않고 빗자루로 단번에 쓸어버렸다.

●●● 어느 날 갑자기 흉측한 벌레로 변해버린 그레고르 잠자. 더 이상 회사에 출근하지 못해 돈을 벌어오지 못하자, 가족들은 그에게 냉담해지고 급기야 그를 혐오하기 시작합니다. 그동안 가정의 생계를 책임진 그레고르 덕분에 안락한 생활을 누렸음에도 말이죠. 마지막 희망이었던 여동생마저 등을 돌리자 그는 감금된 채 쓸쓸히 죽음을 맞이합니다. 카프카는 인간의 가치가 오직 쓸모로 평가되고 효용이 다하는 순간 존재 가치마저 지워지는 현실을 조명합니다.

오직 역할이나 성과만으로 평가받는다고 느낀 적이 있나요?

반대로 당신이 누군가를 바라볼 때 효용을 앞세운 적은 없었나요?

나만의 해시태그　　　#　　　　　　　　　#

　　　　　　　　　　　　#　　　　　　　　　#

　　　　　　　　　　　　#

## 075

메리 셸리
『프랑켄슈타인』

유대와 사랑이 없다면 내게 남은 몫이란 증오와 악덕뿐이오. 하지만 다른 이를 사랑하게 된다면 내 범죄의 근원이 사라지고, 그러면 누구에게도 눈에 띄지 않는 존재가 될 거요. 강요당했던 지긋지긋한 고독 때문에 내가 그렇게 악했던 거요.

오수원 옮김, 현대지성, 2021년, 180쪽

••• 프랑켄슈타인 박사의 실험으로 탄생한 피조물은 처음부터 괴물은 아니었습니다. 그는 인간과 어울리기를 갈망하며 다정함을 배우려 노력했지만, 흉측한 외모를 가졌다는 이유만으로 사회로부터 철저히 외면당합니다. 거듭된 소외와 편견에 절망한 그는 창조주를 향한 잔인한 복수를 택하며 스스로 괴물이 됩니다. 그는 울부짖습니다. 자신을 악마로 만든 것은 '지긋지긋한 고독'이었노라고.

누군가를 겉모습으로만 판단한 적이 있나요?

프랑켄슈타인의 피조물을 괴물로 만든 것은 그의 본성일까요,

그를 밀어낸 사회의 시선일까요?

나만의 해시태그　　　#　　　　　　　　#

　　　　　　　　　　　　#　　　　　　　　#

　　　　　　　　　　　　#

## 076

조지 오웰
『동물농장』

"우리 돼지는 두뇌 노동자입니다. 이 농장의 경영과 조직은 온전히 우리에게 달려 있습니다. 우리는 밤낮으로 여러분의 복지를 보살피고 있습니다. 우리가 우유를 마시고 사과를 먹는 것은 바로 여러분을 위해서입니다."

그들은 요즘의 삶이 가혹하고 척박하며, 자신들이 자주 허기지고 추위에 떤다는 것, 잠들어 있지 않을 때는 대개 일만 한다는 사실을 잘 알았다. 하지만 지난날에는 이보다 더 나빴을 것임이 틀림없었다. 그렇게 믿는 편이 편했다.

••• 스탈린 시대의 부패한 권력과 독재를 날카롭게 풍자한『동물농장』은 인간을 몰아내고 스스로 주인이 된 동물들의 이야기입니다. 하지만 새로운 지도자가 된 수퇘지 나폴레옹은 교묘한 말과 세뇌로 동료들을 속이며 제 배를 채우기에 급급합니다. 동물들은 가혹한 노동과 굶주림 속에서도 옛날보다는 나아졌다며 스스로를 위안합니다. 결국 권력의 주체만 바뀌었을 뿐, 또 다른 착취가 이어지며 고달픈 삶이 되풀이되지요.

삶의 주인으로 살려면 항상 깨어 있어야 합니다.
혹시 변화가 두려워 일부러 눈을 감을 때가 있나요?
내가 진정 두려워하는 것은 무엇일까요?

나만의 해시태그   #   #
                      #   #
                      #

## 077

조너선 스위프트
『걸리버 여행기』

릴리펏인들은 도덕성이 결여된 자는 아무리 뛰어난 재능을 갖고 있더라도 그런 결핍을 결코 보충할 수 없으며, 따라서 그런 위험한 자에게 공직을 맡겨서는 절대로 안 된다고 생각했다. 도덕적 성품을 가진 사람이 무지에 의해 저지른 오류는 공공 이익에 치명적인 피해를 입히지는 않는다. 그러나 부패한 경향이 있는 데다 그 자신의 부패한 심성을 숨기고, 돋보이게 하고, 옹호하는 능력을 가진 자의 고의적인 술수는 공공 이익에 돌이킬 수 없는 피해를 입힌다.

이종인 옮김, 현대지성, 2019년, 70쪽

●●● 조너선 스위프트는 18세기 영국 사회의 부조리를 날카롭게 풍자합니다. 걸리버 선장은 배를 타고 총 네 나라를 여행하는데요, 그가 처음 도착한 소인국 릴리펏은 공직자의 도덕성을 중시한다고 표명하면서 실제로는 줄타기 묘기 같은 우스꽝스러운 시험으로 관직에 오를 사람을 결정합니다. 실력이나 인품 대신 잔재주와 아부만이 가득한 릴리펏의 정치는 오늘날의 현실과도 크게 다르지 않아 보입니다.

공동체의 운명을 책임지는 자에게 가장 중요한 덕목은 무엇일까요?

화려한 줄타기 뒤에 숨겨진 의도를 어떻게 가려낼 수 있을까요?

나만의 해시태그

\#   \#

\#   \#

\#

시스템의 **수레바퀴 아래서** 고유의 세계를 잃어버린 한스

벌레로 **변신**한 순간 쓸모를 다했다며 가족에게 버림받은 그레고르

사회의 외면과 고독 속에 스스로 괴물이 된 **프랑켄슈타인**의 피조물

본질을 잊고 줄타기로 권력을 탐한 **걸리버 여행기**의 릴리펏 사람들

효율이 기준이 된 사회는 우리가 얼마나 쓸모 있는지,

얼마나 시스템에 잘 맞는 존재인지 묻습니다.

그 질문에 자신을 끼워 맞추다 보면

우리는 조금씩 마모되어 본연의 모양을 잃어갑니다.

지금 당신은 시스템의 잘 짜여진 부속품인가요,

인생을 직접 다스리는 지휘관인가요?

모두를 위한 나라는 없다

## 078

플라톤
『플라톤 국가』

지혜를 사랑하는 자가 국가의 왕이 되거나 지금 왕이나 최고 권력자라 불리는 자가 진정으로 지혜를 사랑하는 자가 되기 전에는, 그리하여 정치 권력과 지혜 사랑이 하나로 결합되고 오늘날 다양한 적성을 지닌 자들이 둘 중 하나만 지향하는 것을 강제로 차단하지 않는 한, 국가들 아니 인류 가운데서 악은 종식되지 않을 것이네.

박문재 옮김, 현대지성, 2023년, 269쪽

••• 고대 그리스 철학자 플라톤은 '정의'의 본질을 찾기 위해 국가 단위에서 정의가 어떻게 구현되는지 살펴봤습니다. 그는 정의로운 국가란 통치자, 수호자, 생산자라는 세 계급이 각자의 위치에서 본분에 충실하며 조화를 이룰 때 성립된다고 믿었습니다. 또한 개인의 영혼은 이성, 기개, 욕구를 조화롭게 다스릴 때 정의로워진다고 보았죠. 결국 플라톤은 사리사욕을 버리고 오직 진리와 지혜만을 사랑하는 '철인(哲人)'이 통치할 때 인류의 악이 종식될 것이라 선언합니다.

나만의 해시태그 #   #
#   #
#

## 079

토머스 모어
『유토피아』

유토피아에서는 모든 것이 공동소유이기 때문에, 공공의 창고가 채워져 있기만 하다면, 사람들은 자기가 쓸 것 중에서 뭐 하나라도 부족하면 어쩌나 걱정하지 않습니다. 모든 것은 넉넉하게 분배되므로 그 나라에 가난한 자도 없고 거지도 없습니다. 아무도 사유재산이 없지만, 모든 사람이 부자입니다. 온갖 걱정과 염려에서 벗어나 즐겁고 편안한 마음으로 살아가는 것보다 더 큰 부는 없기 때문입니다.

박문재 옮김, 현대지성, 2020년, 219쪽

••• 16세기 영국은 경제적으로 크게 성장했지만 부는 소수에게 집중되었고 농민들은 삶의 터전을 잃어갔습니다. 토머스 모어는 이러한 현실에 맞서 이상적 국가상을 담은 『유토피아』를 펴냅니다. 유토피아 섬은 돈과 사유재산이 없기에 가난도, 범죄도 존재하지 않습니다. 모든 것이 공평하게 분배되어 누구나 부유하게 살아가는 지상낙원처럼 보이지요. 그러나 이 완벽한 평등을 유지하기 위한 대가는 작지 않습니다. 여행이나 식사 같은 사적 영역조차 국가의 통제를 받아야 하기 때문입니다. 모든 것이 완벽한 세상은 정녕 존재하지 않는 걸까요?

경제적 결핍이 사라진다면, 개인의 자유를 반납할 의향이 있나요?
당신이 꿈꾸는 유토피아는 모두가 똑같이 나누는 세상인가요,
각자의 다양성과 선택이 존중받는 세상인가요?

나만의 해시태그   #   #
                    #   #
                    #

## 080

아리스토텔레스
『아리스토텔레스 정치학』

절대적인 정의에 입각한다면, 공동의 이익을 위한 모든 정치체제는 바른 것이다. 반면에, 다스리는 자들의 이익만을 위한 정치체제는 모두 잘못된 것이며, 바른 정치체제가 변질된 것이다. 국가 공동체는 자유민들의 공동체인데, 다스리는 자들이 주인이고 다스림을 받는 자들이 노예인 체제는 잘못된 것이다.

박문재 옮김, 현대지성, 2024년, 165쪽

• • • '인간은 본래 정치적 동물'이라는 말을 남긴 아리스토텔레스는 다양한 정치체제를 분석하며 정치의 참된 목적을 탐구했습니다. 그는 통치자가 한 사람이든(왕정), 소수의 현자든(귀족정), 다수의 시민이든(혼합정) 형태보다 중요한 것은 '누구를 위해 권력을 쓰는가'라고 보았습니다. 공동의 이익이 아닌 지배층의 사익을 추구하는 순간, 정치는 타락한 체제로 변질되기 때문입니다. 그는 자유민들의 공동체가 주인과 노예의 관계로 전락하지 않도록 구성원들이 늘 깨어 있어야 한다고 조언합니다.

나만의 해시태그 # #
# #
#

그렇다면 정치권력이란 재산을 규정하고 보호하기 위해 사형과 그 이하의 모든 형벌에 대한 법을 제정하는 권리이며, 그러한 법을 집행하고 외국의 위해로부터 국가를 지키기 위해 공동체의 무력을 사용하는 권리이다. 그리고 이 모든 권리는 오직 공공의 이익만을 위한 것이다.

권혁 옮김, 돋을새김, 2019년, 15쪽

• • • 존 로크의 『통치론』은 천부인권과 시민저항권의 토대를 세우며 근대 자유민주주의의 문을 열었습니다. 로크는 국가의 권력이 하늘에서 뚝 떨어진 것이 아니라, 시민들이 자신의 생명과 자유, 재산을 보호하기 위해 자발적으로 정부에 '위임'한 계약의 산물이라고 보았습니다. 따라서 권력은 오직 '공공의 이익'을 위해 쓰여야 한다고 강조했죠. 우리가 누리는 자유는 권력이 베푼 선의가 아니라 사익을 좇는 권력을 끊임없이 감시하고 저항해온 투쟁의 결과물입니다.

정치권력이 존재하지 않는 자연 상태의 삶을 상상해본 적 있나요?

그런 상황에 처한다면 가장 염려되는 부작용은 무엇인가요?

나만의 해시태그

\#   \#

\#   \#

\#

## 082

애덤 스미스
『국부론』

일반적으로 개인은 공공 이익을 추진하려는 의도가 없고 또 자신이 그런 이익을 얼마나 많이 추진하는지도 알지 못한다. (…) 그는 이 경우에 보이지 않는 손an invisible hand에 인도되어 자기가 전혀 의도하지 않은 목적을 추구한다. 개인이 공공 이익에 매진하려는 의도를 가지지 않는다는 사실이 사회를 위해 나쁘기만 한 것은 아니다. 개인은 자기 이익을 추구함으로써, 사회 이익을 일부러 추구했을 때보다 효과적으로 사회를 위한 이익을 따르기 때문이다. 나는 공공 이익을 위해 상거래를 한다고 주장하는 사람치고 사회에 많이 기여한 사람을 보지 못했다.

이종인 옮김, 현대지성, 2024년, 508–509쪽

••• 근대 경제학의 출발점이자 '경제학의 성경'이라 불리는 애덤 스미스의 『국부론』은 공익을 바라보는 시각을 근본적으로 뒤바꿨습니다. 그는 국가의 부가 누군가의 숭고한 희생이나 정부의 계획이 아니라, 각자의 이익을 위해 최선을 다하는 개인들의 경제활동을 통해 쌓인다고 설명했습니다. 개인이 자신의 이익을 챙기는 행위가 '보이지 않는 손'처럼 작용해 결과적으로 사회 전체에 기여한다는 논리입니다. 결국 풍요를 꿈꾸는 각자의 마음이 모여 사회 전체의 번영을 낳는 셈입니다.

나의 이익을 위해 애쓴 일이 공동체에 이득을 가져온 경험이 있나요?

개인의 이기심은 억눌러야 할까요, 사회에 필요한 요소일까요?

나만의 해시태그　　#　　　　　　　　#
　　　　　　　　　　　　#　　　　　　　　#
　　　　　　　　　　　　#

## 083

니콜로 마키아벨리
『군주론』

군주가 나라를 얻고 유지하면, 그의 수단은 언제나 명예롭다는 평가를 받고, 그는 모두에게 칭찬을 듣습니다. 왜냐하면 민중은 겉으로 보이는 것과 일의 결과에 끌리기 때문입니다.

김운찬 옮김, 현대지성, 2021년, 129쪽

●●● 16세기 피렌체 공화국의 정치가 마키아벨리는 분열된 이탈리아의 혼란 속에서 강력한 국가를 꿈꿨습니다. 그가 메디치 가문의 통치자에게 헌정한 『군주론』은 권력의 맨얼굴을 가감 없이 묘사합니다. 그는 군주가 "선에서 떠나지 않되 필요하다면 악으로 들어갈 줄도 알아야 한다"며, 필요에 따라 사자처럼 잔인하고 여우처럼 영악해야 한다고 주장합니다. 심지어 국가의 안녕을 위해서라면 대중을 속이는 '능숙한 위선자'가 되는 일도 마다하지 말라고 권하죠.

나만의 해시태그 #   #

#   #

#

## 084

존 스튜어트 밀
『공리주의』

어떤 고상한 성품의 소유자가 그런 성품 덕분에 늘 행복하다는 말에는 의문의 여지가 있을 수 있다. 하지만 그런 성품이 다른 사람들을 더 행복하게 만들고 그 결과로 사회 전체, 더 나아가 온 세상이 혜택을 본다는 것은 의심의 여지가 없다. 따라서 공리주의는 사회 전체의 고상한 성품을 전반적으로 향상시킬 때 비로소 그 목적을 달성한다.

이종인 옮김, 현대지성, 2020년, 30쪽

• • • 존 스튜어트 밀은 '최대 다수의 최대 행복'을 추구하는 벤담의 양적 공리주의에 질적 가치를 더했습니다. 쾌락의 양만이 아니라 인간의 품격과 고귀한 즐거움이 사회 전체의 행복 수준을 결정한다고 믿었기 때문입니다. "만족한 돼지보다 불만족한 인간이 낫고, 만족한 바보보다 불만족한 소크라테스가 낫다"는 그의 비유는 행복에도 질적인 차이가 있으며, 물질적 쾌락만으로는 더 나은 사회를 만드는 데 한계가 있음을 보여줍니다.

깨끗이 정리한 자리, 이웃에게 건네는 눈인사처럼

오늘 실천할 만한 품위 있는 행동은 무엇이 있을까요?

나만의 해시태그   #   #
                     #   #
                     #

## 085

사드
『미덕의 불운』

법이라는 것이 모든 악당들 앞에서는 무용지물이에요. 왜냐하면, 세력이 강한 자에게는 법의 손이 미치지 못하고, 운이 좋은 자는 법망을 빠져나가기 때문이며, 칼 이외에 다른 그 어떤 재산도 소유하지 못한 가련한 자에게는 법이 두려움의 대상이 되지 못하기 때문이에요.

이형식 옮김, 열린책들, 2011년, 194쪽

●●● 가학적 성도착증을 뜻하는 '사디즘'이란 용어는 프랑스 작가 마르키 드 사드의 이름에서 유래했습니다. 당대의 도덕과 권위에 대항한 가장 급진적인 반항아였던 그는 사후에 인간 내면의 어두운 본성을 대담하게 그려냈다는 재평가를 받았습니다. 소설 『미덕의 불운』의 주인공 쥐스틴은 '미덕'에서 유래한 이름처럼 평생 올곧게 살았지만 역설적으로 그 때문에 희생됩니다. 도덕적 삶을 고수할수록 부당한 폭력과 불운이 그녀를 덮치기 때문입니다. 사드는 쥐스틴의 비극을 통해 법과 정의가 모두에게 평등하다는 믿음을 비웃으며 약자를 보호하지 않는 권력의 민낯을 냉소적으로 폭로합니다.

법은 정말 모든 사람에게 평등한 제도일까요?

아니면 악인에게만 유리하게 작동하는 장치일까요?

나만의 해시태그　　　#　　　　　　　　　　#

　　　　　　　　　　　　#　　　　　　　　　　#

　　　　　　　　　　　　#

## 086

공자
『논어』

자공이 말했다. "만일 어떤 사람이 백성들에게 매우 좋은 것을 많이 주어 많은 사람을 구제할 수 있다면 어떻겠습니까? 가히 인자仁者라 할 만합니까?"

공자가 말했다. "어찌 인자에 그칠 것이냐? 분명 성인聖人일 것이다! 요순임금조차도 해내기 어렵다. 인자는 자기가 서고자 하여 다른 사람들을 도와 함께 일어서는 사람이다. 또 자기 일을 잘 하고자 하여 다른 사람들을 도와 함께 잘 하게 하는 사람이다. 자신의 처지로 미루어 다른 사람의 형편을 헤아리니, 가히 인을 실행하는 방법이라 할 것이다."

소준섭 옮김, 현대지성, 2018년, 120–121쪽

• • •　'널리 백성에게 베푸는 것'이 인이냐는 제자 자공의 물음에, 공자는 그것은 요순임금조차 해내기 어려운 '성인'의 영역이라고 답합니다. 공자가 강조한 인은 결코 거창한 것이 아닙니다. 자기가 서고자 할 때 남도 함께 서게 하고, 내가 이루고 싶은 것을 남도 이룰 수 있게 돕는 마음입니다. 나 혼자만 잘사는 데 그치지 않고 옆 사람을 챙기는 따뜻한 배려야말로 인의 바탕이자 정의의 시작이 아닐까요.

사익과 공익이 부딪치는 세상에서, 우리는 정말 함께 설 수 있을까요?

누군가가 당신을 위해, 당신이 누군가를 위해 곁을 내준 적이 있나요?

나만의 해시태그　　　#　　　　　　　　　　#

　　　　　　　　　　　　　#　　　　　　　　　　#

　　　　　　　　　　　　　#

한 걸음 더

훌륭한 리더가 나라를 이끌어야 한다는 **플라톤**

모두가 공평하게 나누는 시스템을 꿈꾼 **토머스 모어**

권력이 변질되지 않도록 깨어 있어야 한다는 **아리스토텔레스**

거창한 제도보다 곁에 있는 사람의 처지를 헤아리자는 **공자**

이 중 당신의 마음에 가장 깊이 뿌리내린 문장은 무엇인가요?

4장

숲을 가꿀

결심

## 087

마르쿠스 툴리우스 키케로
『키케로 의무론』

정의로운 것은 모두 유익하고, 도덕적으로 올바른 것은 모두 정의롭다. 따라서 도덕적으로 올바른 것은 모두 유익하다는 결론에 이른다. 그러나 이러한 이치를 깨닫지 못한 사람들은 영악하고 능수능란한 자들을 부러워하며 그들이 보이는 악덕을 지혜라고 생각한다. 하지만 그들은 그런 잘못된 생각에서 벗어나 속임수와 악행이 아니라 도덕적으로 올바른 생각과 정의로운 행동을 통해서만 자신이 바라는 목적을 이룰 수 있음을 깨달아야 한다.

박문재 옮김, 현대지성, 2025년, 128쪽

• • • 카이사르가 암살된 이후 극심한 혼란에 빠진 로마에서, 키케로는 자신의 아들과 젊은 세대를 위해 인간의 마땅한 도리를 다룬 이 책을 집필했습니다. 그는 도덕적인 것과 유익한 것이 결코 분리될 수 없다고 믿었습니다. 당시 로마 사회에도 영악하고 능수능란한 술수를 지혜로 착각하는 이들이 많았지만, 키케로는 단호하게 말합니다. 속임수로 얻은 이익은 결국 공동체를 파괴하며, 오직 정의롭고 올바른 길을 통해서만 개인과 사회에 이로운 목적에 도달할 수 있다고 말이지요.

흔히 정직하면 손해 본다는 말을 하곤 합니다.

정의와 이익이 충돌할 때, 어떤 길을 택할 건가요?

길게 보았을 때 도덕적인 선택이 진정으로 유익했던 경험이 있나요?

나만의 해시태그　　#　　　　　　#

　　　　　　　　　　#　　　　　　#

　　　　　　　　　　#

## 088

플라톤
『크리톤』

나는 지금만이 아니라 언제나 내 안에 있는 것들 중에서 오직 이성에만 복종해서, 모든 일을 이성에 비추어서 깊이 숙고하여 최선이라고 여겨지는 것을 따라 살아온 사람이네. 그런데 지금 내게 이런 운명이 주어졌다고 해서, 내가 이전에 지켜왔던 원칙들을 지금 와서 배척할 수 없네. 도리어 그 원칙들은 이전이나 지금이나 내게 별반 다를 것이 없어 보이고, 나는 그것들을 여전히 존중하고 소중히 여긴다네.

『소크라테스의 변명·크리톤·파이돈·향연』, 박문재 옮김, 현대지성, 2019년, 69쪽

••• 소크라테스의 오랜 친구 크리톤은 사형 선고를 받고 수감 중인 그에게 탈옥을 권합니다. 남겨질 가족과 친구들의 평판, 부당한 판결을 근거로 소크라테스를 설득하려 하죠. 하지만 소크라테스는 단호합니다. 그는 그저 사는 것보다 이성을 따라 정의롭게 사는 것이 비교할 수 없을 만큼 중요하다고 말합니다. 자신의 목숨을 구하기 위해 공동체의 약속인 법질서를 깨뜨리는 것은 평생 지켜온 자신의 철학을 스스로 부정하는 일이기 때문입니다. 그는 이성이 가리키는 길을 따라 당당히 죽음 앞에 섭니다.

개인의 안위 대신 이성과 정의를 따른
소크라테스의 선택은 오늘날 우리에게 어떤 의미를 줄까요?
손해가 따르더라도 지키고 싶은 원칙이 있나요?

나만의 해시태그　　　#　　　　　　　　　#

　　　　　　　　　　　　#　　　　　　　　　#

　　　　　　　　　　　　#

## 089

레프 톨스토이
『**안나 까레니나**』

「그러니까 이런 거라네, 친구. 둘 중 하나를 택해야 하는 거지. 현재의 사회 체제가 공정하다고 인정하고 자신의 권리를 고수하든지, 아니면 내가 하듯이 부당한 특권을 누리고 있음을 고백하고서 그 특권들을 기꺼이 누리는 걸세.」

「그렇지 않네. 만일 부당하다고 여긴다면, 자네는 그 복지를 기꺼이 누릴 수가 없을 걸세. 적어도 나는 그럴 수 없네. 중요한 건 내가 잘못하지 않았다는 걸 스스로 느껴야 한다는 것이지.」

이명현 옮김, 열린책들, 2019년, 하권 278쪽

●●● "모든 행복한 가정은 서로 닮았고, 모든 불행한 가정은 제각각으로 불행하다." 이 유명한 문장으로 시작하는 톨스토이의 작품은 인간의 복잡한 심리와 19세기 러시아의 계급 갈등, 도덕적 위선을 예리하게 파고듭니다. 레빈의 오랜 친구이자 안나의 오빠인 오블론스키는 기득권을 거리낌 없이 누립니다. 반면 레빈은 자신이 누리는 특권이 타인의 희생 위에 세워진 부당한 것임을 깨닫고 괴로워하죠. 그의 고뇌는 '양심에 부끄럽지 않은 삶'이란 무엇인지 다시금 생각하게 만듭니다.

우리는 레빈과 오블론스키 가운데 누구에게 더 가까울까요?

똑같은 특권을 누려도 양심의 가책을 느끼는 정도가 다른 이유는 무엇일까요?

나만의 해시태그　　　#　　　　　　　　　　　#
　　　　　　　　　　　#　　　　　　　　　　　#
　　　　　　　　　　　#

## 090

존 스튜어트 밀
『자유론』

각각 진리의 어느 부분을 반영한 다양한 의견들이 제시되고 격렬하게 충돌하는 것은 해로운 것이 아니다. 도리어 진리의 절반을 담고 있는 어떤 의견들이 쥐도 새도 모르게 억압되고 있는 것이야말로 우리가 진정으로 두려워해야 할 가공할 해악이다. 사람들이 듣기 싫어도 찬반양론을 모두 들을 수밖에 없는 곳에는 언제나 희망이 있다.

박문재 옮김, 현대지성, 2018년, 127쪽

••• 타인에게 해를 끼치지 않는 한 개인의 자유를 최대한 보장해야 한다고 주장한 밀의 『자유론』은 현대 민주주의의 근간이 되었습니다. 그는 다양한 삶의 방식이 존중받는 사회일수록 인류 역사가 더 뚜렷하게 전진하리라고 믿었습니다. 여러 의견이 부딪치는 과정을 거칠 때, 비로소 자신의 오류를 발견하고 진리에 다가설 기회를 얻기 때문입니다. 밀에게 자유란 단순히 내 마음대로 할 권리가 아니라, 나와 다른 목소리와도 함께하는 포용력이었습니다.

나만의 해시태그　　#　　　　　　　　　#
　　　　　　　　　　　　#　　　　　　　　　#
　　　　　　　　　　　　#

## 091

알베르 카뮈
『반항인』

부조리의 경험에서 고통이란 개인적인 것이다. 반항 운동을 기점으로, 고통은 집단적인 것이 되며 만인의 모험이 된다. 이방감에 사로잡힌 인간이 실현한 최초의 진일보는 그 이방감을 만인이 공유하고 있다는 사실, 인간 현실이 전체적으로 자아와 세계에 대한 거리감으로 그늘져 있다는 사실을 인식했다는 데 있다. 단지 한 사람을 괴롭혔던 질병이 집단적 페스트가 되는 것이다. (…) 요컨대 반항은 모든 사람 위에 최초의 가치를 정립시키는 공동의 토대이다. 나는 반항한다. 그러므로 우리는 존재한다.

유기환 옮김, 현대지성, 2023년, 47–48쪽

••• 카뮈는 삶의 부조리에 굴복하지 않고 방향을 트는 것을 '반항'이라 일컫습니다. 이는 노예가 주인에게 부당함을 주장하며 인간으로서 침범해서는 안 될 선을 긋는 행위와 같습니다. 나만의 고통인 줄 알았던 것이 반항을 통해 세상 밖으로 나올 때, 그것은 우리 모두의 문제가 되고 새로운 가치를 세우는 공동의 토대가 됩니다. 카뮈에게 반항은 파괴가 아니라 새로운 삶을 창조하는 원동력이었습니다.

카뮈의 문장을 읽은 후, 반항이 어떤 이미지로 다가오나요?

타성에서 벗어난 작은 반항으로 예상치 못한 세계를 만난 적이 있나요?

나만의 해시태그
#
#
#
#
#

## 092

막스 베버
『직업으로서의 정치』

자신은 이 세계에 대단한 것을 주고자 하는데 그의 눈에 이 세계는 너무나 어리석고 형편없이 보일지라도 좌절하지 않을 자신이 있고, 이 모든 상황에 맞서 "그럼에도 불구하고"라고 말할 수 있는 사람, 오직 그런 사람만이 정치에 대한 소명을 갖고 있습니다.

『직업으로서의 정치·직업으로서의 학문』, 박문재 옮김, 현대지성, 2024년, 132쪽

●●● 제1차 세계대전 직후 독일이 극심한 혼란에 빠졌을 때, 막스 베버는 대학생들 앞에서 학문과 정치의 본질에 관해 강연합니다. 그는 학문을 다룰 때는 정파적 편견을 버리고 영감과 열정으로 파고들어야 하지만, 정치에는 관료제의 한계를 돌파할 카리스마 있는 지도자가 필요하다고 보았습니다. 베버는 진정한 정치가의 자질로 열정, 책임감, 시대를 꿰뚫는 안목을 꼽았는데요. 이는 단순히 권력을 쥐는 기술이 아니라 자신이 내린 선택의 결과까지 온전히 짊어지는 '책임의 윤리'를 강조한 것입니다.

베버가 꼽은 세 가지 자질 외에, 공동체를 이끄는 사람에게
꼭 필요한 덕목은 무엇이라고 생각하시나요?

나만의 해시태그　　#　　　　　　　　#
　　　　　　　　　　　　#　　　　　　　　#
　　　　　　　　　　　　#

## 093

올더스 헉슬리
『멋진 신세계』

"하지만 난 안락함을 원하지 않습니다. 나는 신을 원하고, 시를 원하고, 참된 위험을 원하고, 자유를 원하고, 그리고 선을 원합니다. 나는 죄악을 원합니다."

"사실상 당신은 불행해질 권리를 요구하는 셈이군요." 무스타파몬드가 말했다.

"그렇다면 좋습니다." 야만인이 도전적으로 말했다. "나는 불행해질 권리를 주장하겠어요."

"늙고 추악해지고 성 불능이 되는 권리와 매독과 암에 시달리는 권리와 먹을 것이 너무 없어서 고생하는 권리와 이투성이가 되는 권리와 내일은 어떻게 될지 끊임없이 걱정하면서 살아갈 권리와 장티푸스를 앓을 권리와 온갖 종류의 형언할 수 없는 고통으로 괴로워할 권리는 물론이겠고요."

한참 동안 침묵이 흘렀다.

"나는 그런 것들을 모두 요구합니다." 마침내 야만인이 말했다.

안정효 옮김, 소담출판사, 2015년, 362–363쪽

••• 헉슬리가 창조한 디스토피아『멋진 신세계』에서는 '소마'라는 알약 하나면 모든 불안과 걱정이 사라집니다. 인공 수정으로 인구까지 완벽히 통제되는 사회에서 사람들은 정해진 계급과 역할에 안주하며 살아갑니다. 고통과 낭만이 거세된 이곳에서 인간다운 삶을 부르짖는 존은 '야만인'으로 취급되어 격리될 뿐입니다. 과연 고통과 갈등이 완전히 사라진 삶은 진정한 축복일까요?

나만의 해시태그　　#　　　　#
　　　　　　　　　　#　　　　#
　　　　　　　　　　#

## 094

빅토르 위고
『레 미제라블』

‘혁명’이란 무엇인지 이해하고 싶다면 그것을 ‘진보’라고 불러보라. 그리고 ‘진보’란 무엇인지 이해하고 싶다면 그것을 ‘내일’이라고 불러보라. ‘내일’은 무엇도 막을 수 없이 자신의 일을 해나가는데, 그 일이 바로 오늘 시작된다. 그리고 그것은 기이하게도, 언제나 자신의 목적지에 다다르고야 만다.

●●● 빵 한 조각을 훔쳐 19년 동안 옥살이를 해야 했던 장 발장의 대서사시 『레 미제라블』에는 가난하고 억압받는 사람들이 등장합니다. 이들은 더 나은 내일을 꿈꾸며 혁명을 선택합니다. 여기서 혁명은 추상적인 개념이 아니라, 바로 ‘오늘’ 한 걸음씩 나아가는 구체적인 행동입니다. 감옥에서 풀려난 장 발장이 가난한 이웃과 시민혁명에 참여한 젊은이를 돕기 위해 오물이 가득한 하수도를 하염없이 걸었던 것처럼 말이죠.

정의로운 사회를 만들기 위해

오늘 실천할 수 있는 작은 행동은 무엇일까요?

나만의 해시태그   #   #

#   #

#

한 걸음 더

도덕과 유익함은 분리될 수 없다는 **키케로 의무론**에 동의하나요?

부당함에는 단호하게 선을 긋는 **반항인**으로 살고 있나요?

서로의 다름을 존중할 때 자유가 완성된다는 **자유론**에 공감하나요?

멋진 신세계를 뒤로하고 새로운 세계로 나아갈 준비가 됐나요?

숲을 가꾸는 일은, 대단한 행동보다 때때로 마주하는 불편한 선택을
기꺼이 받아들이는 일에서 시작될지도 모릅니다.

조금 더 깊이

4부에서 가장 인상 깊었던 구절과 질문을 적어보세요.

그 이유는 무엇인가요?

삶에서 가장 귀한 일은,
그대 자신으로 살아가는 것이다.

— 미셸 드 몽테뉴, 『수상록』 중에서

일상을 가꾸는 지혜

부조리로 그늘진 숲에 정의라는 햇살을 비춰준 당신, 이제 다시 나만의 방으로 돌아올 시간입니다. 거대한 세상의 이야기도 결국 '오늘을 어떻게 살 것인가'라는 질문으로 귀결되기 때문입니다. 120편의 고전을 톺아본 여정의 마지막인 5부에는, 일상을 보듬기 위한 단단하고도 부드러운 지혜를 담았습니다.

먼저 홀로 서는 법을 살핍니다. 타인의 시선이나 세상의 기준에서 벗어나 마음속 울림에 귀를 기울여보세요. 내 안의 선한 씨앗을 믿는다면 방황조차 성장의 밑거름이 됩니다. 온전히 홀로 설 수 있을 때 비로소 누군가와 함께 걸을 수 있습니다. 곁의 동료를 가리지 않고 기꺼이 볕을 나누는 나무처럼, 타인을 존중하면서도 나를 잃지 않는 태도를 익힙니다.

삶은 늘 평온하지만은 않습니다. 불쑥 찾아오는 분노와 예기치 못한 시련 앞에서 어떻게 평정심을 찾아야 할까요? 불운에도 쉽사리 무너지지 않는 내면의 요새를 짓고, 미래에 현재를 내주는 대신 '지금 이 순간'을 온전히 살아내는 법을 배웁니다.

이 모든 깨달음으로 다시 일상의 결을 어루만집니다. 소박한 밥상에서 평화를 발견하고, 낮은 곳으로 흐르는 물처럼 겸손하게 세상을 이롭게 하며, 내가 길들인 작은 것들에 책임을 다하는 삶. 이것이 우리가 고전의 숲을 헤쳐온 이유입니다.

당신의 일상이 가장 고귀한 철학이 되는 순간이 이미 눈앞에 와 있습니다.

## 1장

홀로 서는 시간

장 자크 루소
『에밀』

자신의 의도를 남의 도움 없이 행동으로 옮겼을 때만이, 진정 자신의 의지대로 행동한 것이 된다. 그런 점에서 최고의 행복은 권력에 있는 것이 아니라 자유에 있다. 자유로운 사람은 자신이 할 수 있는 일만 하되, 하고 싶은 일만 한다. 이것이 중요하다. 이것이 나의 원칙이며 교육에 접목시켜야 할 핵심이다.

이환 편역, 돋을새김, 2015년, 68쪽

● ● ● 프랑스의 철학자이자 교육자 루소는 태어나자마자 어머니를 잃고 혼란스러운 유년 시절을 보냈습니다. 그 근원적인 결핍 때문이었을까요? 그는 50세에 교육 철학서 『에밀』을 펴내며 '한 아이를 어떻게 온전한 인간으로 키울 것인가'를 치열하게 고민했습니다. 사회적 순응만을 강요하던 당시의 교육 현실 속에서, 아이의 자율성과 독립성을 우선해야 한다고 주장한 그의 책은 금서로 지정될 만큼 파격적이었습니다. 가상의 소년 '에밀'의 성장 궤적을 빌려, 인간 본연의 자연성 회복을 강조한 루소의 교육 철학은 올바른 자립의 나침반이 되어줍니다.

오늘 스스로 결정하고 책임져야 할 일이 있나요?

누군가에게 의지하고 싶은 순간, 내 안의 자율성을 깨워볼까요?

나만의 해시태그　　　#　　　　　　　　　　#

　　　　　　　　　　　　#　　　　　　　　　　#

　　　　　　　　　　　　#

## 096

이솝
「당나귀와 매미」

매미들의 노랫소리를 듣고 그 아름다운 화음에 매혹된 당나귀가 있었다. 당나귀는 그들의 목소리가 부러워서, 뭘 먹어야 그런 소리를 낼 수 있느냐고 물었다. 매미들은 이슬을 먹는다고 말했다. 그날부터 당나귀는 이슬이 내리기만 기다리다가 굶어 죽고 말았다.

『이솝 우화 전집』, 박문재 옮김, 현대지성, 2020년, 338쪽

●●● 고대 그리스 최고의 이야기꾼 이솝은 주로 동물이나 자연을 통해 삶의 지혜를 전달했습니다. 그중 당나귀와 매미의 우화는 남의 삶을 동경하느라 정작 자신의 본질을 잃어버리는 우리의 어리석음을 꼬집습니다. '나'로 바로 서기 위해서는 자신만의 장점을 발견하고 그것을 무기로 만드는 자기다움이 필요합니다.

남들이 가진 재능을 부러워하느라 나만의 장점을 잊고 있진 않나요?

그 장점은 나에게 어떤 무기가 되어줄까요?

나만의 해시태그　　#　　　　　　　　　#

　　　　　　　　　　　#　　　　　　　　　#

　　　　　　　　　　　#

## 097

손자
『손자병법』

그러므로 적을 알고 나를 알면 백 번을 싸워도 위태롭지 않다. 적을 알지 못하고 나를 알면 이길 수도 있고 질 수도 있다. 적을 알지 못하고 나 자신도 알지 못하면 싸울 때마다 패할 것이다.

••• 2,500년 전, 고대 최고의 병법가 손자가 전한 '지피지기 백전불태(知彼知己 百戰不殆)', 즉 "적을 알고 나를 알면 백 번을 싸워도 위태롭지 않다"는 통찰은 오늘날에도 여전히 빛을 발합니다. 인생이라는 긴 여정에서 우리는 수많은 사건과 선택을 마주합니다. 그 속에서 스스로의 강점과 한계를 명확히 이해하고 상황을 객관적으로 파악할 때, 흔들리지 않는 나만의 기준으로 맞설 수 있습니다.

당신은 자신의 강점과 한계를 얼마나 잘 알고 있나요?

무수한 선택 앞에서 흔들린다면

먼저 나에 대해 제대로 이해하고 있는지 점검해볼까요?

나만의 해시태그 # # # # #

## 098

윌리엄 셰익스피어
『베니스의 상인』

세상은 언제나 겉치레에 속고 있다.

법정에서는 아무리 더럽고 부패한 탄원이라 한들,

우아한 목소리로 포장하면

악한 모습을 감출 수 있지 않은가?

(…) 그러니 너, 화려한 금이여,

미다스에게 딱딱한 음식일 뿐이던, 너를 난 택하지 않겠다.

인간들 사이를 오가는 창백하고 흔해 빠진 일꾼,

너 또한 택하지 않겠다. 하지만 너, 초라한 납이여,

무엇도 약속하지 않고 오히려 위협하는 듯한

네 창백한 모습이 웅변보다 나를 감동시키는구나.

그러니 나는 너를 택하겠노라. 부디 기쁜 결과가 있기를!

••• 가난한 귀족 바사니오는 부유한 상속녀 포셔에게 청혼할 기회를 얻습니다. 베니스의 상인 안토니오는 자신의 신체 일부를 내놓겠다는 각서까지 쓰고 고리대금업자에게 돈을 빌려 친구를 도왔죠. 하지만 바사니오는 금, 은, 납으로 된 세 개의 상자 중 포셔의 초상화가 든 상자를 고르는 시험을 통과해야 했습니다. 바사니오는 화려한 금과 은을 택한 다른 구혼자들과 달리 볼품없는 납 상자를 선택했습니다. 과연 그의 운명은 어떻게 되었을까요?

화려한 겉모습에 미혹되었다가 뒤늦게 후회한 경험이 있나요?

모두가 금과 은을 좇을 때, 볼품없어 보이는 납을 택할 용기가 있나요?

나만의 해시태그　　#　　　　　　　　　#
　　　　　　　　　　　#　　　　　　　　　#
　　　　　　　　　　　#

## 099

자사
『대학』

사물이 탐구된 뒤에 앎에 이르게 된다. 앎에 이른 뒤에 의지가 성실하게 된다. 의지가 성실하게 된 뒤에 마음이 올바르게 된다. 마음이 올바르게 된 뒤에 몸이 닦여진다. 몸이 닦여진 뒤에 집안이 반듯해진다. 집안이 반듯해진 뒤에 나라가 다스려진다. 나라가 다스려진 뒤에 온 세상이 태평해진다.

『대학·중용』, 주희 엮음, 김미영 옮김, 홍익출판사, 2019년, 62쪽

●●● 『대학(大學)』은 '큰 배움'이라는 의미로, 『논어』, 『맹자』, 『중용』과 더불어 유교의 대표 경전 사서(四書)에 속합니다. 개인의 내면 수양이 어떻게 세상을 바꾸는 동력이 되는지를 체계적으로 설명하지요. 흔히 '수신제가치국평천하(修身齊家治國平天下)'로 알려진 여덟 단계의 과정인 '팔조목(八條目)'은 나 자신을 바로 세우는 일이 모든 변화의 출발점임을 시사합니다. 내 마음을 올바르게 하고 몸과 삶을 닦는 수신이 선행될 때 선한 영향력은 가족과 이웃 그리고 더 넓은 사회로 퍼져나갑니다.

당신은 지금 자신을 닦는 단계에 있나요, 세상을 돌보는 단계에 있나요?

그런데, 반드시 이 단계를 차례대로 밟아야 할까요?

세상을 돌보는 과정 속에서 스스로를 더 단단하게 만들 수도 있지 않을까요?

나만의 해시태그 #   #
#   #
#

## 100

자사
『중용』

자기 자신의 마음을 다하는 태도와 자기 자신을 미루어서 다른 사람을 대하는 태도는 도에서 멀리 떨어져 있지 않다. 자신에게 베풀어지기를 바라지 않는 것을 또한 다른 사람들에게 베풀지 말라.

『대학·중용』, 주희 엮음, 김미영 옮김, 홍익출판사, 2019년, 146쪽

●●● 이 책은 우리가 지녀야 할 최고의 덕성으로 '치우치지 않는 마음', 중용(中庸)을 꼽습니다. 이는 기계적인 중간이 아니라 매 순간 적절함을 찾는 균형을 의미합니다. 내가 남에게 베푸는 말과 행동에 부족함이나 과함이 있는지 상황에 따라 잘 살피는 태도가 곧 중용의 시작입니다. 내가 싫어하는 일을 남에게 하지 않고, 내가 대접받고 싶은 만큼 상대를 존중하는 것. 이 단순하고도 명확한 원칙을 실천하기 위해, 먼저 내가 싫어하는 태도가 무엇인지 가만히 들여다보면 어떨까요.

나만의 해시태그　　　#　　　　　　　　　　#

　　　　　　　　　　　　#　　　　　　　　　　#

　　　　　　　　　　　　#

## 101

맹자
『맹자』

측은하게 여기는 마음이 없다면 사람이 아니고, 부끄러워하는 마음이 없다면 사람이 아니며, 사양하는 마음이 없다면 사람이 아니고, 옳고 그름을 판단하는 마음이 없다면 사람이 아니다. 측은하게 여기는 마음은 인의 단서이고, 부끄러워하는 마음은 의의 단서이며, 사양하는 마음은 예의 단서이고, 시비를 가리는 마음은 지의 단서이다. 사람이 이 네 가지 단서를 가지고 있는 것은 그가 사지를 가지고 있는 것과 같다.

박경환 옮김, 홍익출판사, 2019년, 110쪽

●●● 맹자는 인간이 본래 선하게 태어나며, 누구나 곤경에 처한 이를 외면하지 못하는 마음을 지녔다고 믿었습니다. 우물에 빠지려는 아이를 보면 조건 없이 달려가는 마음, 즉 '측은지심'을 그 증거로 보았지요. 하지만 맹자는 선한 본성이 저절로 완성된다고 생각하지는 않았습니다. 우리 내면에 깃든 네 가지 실마리인 사단(四端)을 잘 보살피며 인(仁), 의(義), 예(禮), 지(智)라는 본성을 완성해가야 한다고 강조했지요. 누구에게나 선한 씨앗은 있지만, 싹을 틔우고 열매를 맺으려면 꾸준히 물을 주는 노력이 필요합니다.

인의예지 가운데 지금 내 안에서 가장 강한 요소와 약한 요소는 무엇인가요?

내면의 균형을 이루기 위해 어떤 마음을 더 정성껏 키워야 할까요?

나만의 해시태그　　#　　　　　　　　#
　　　　　　　　　　　　#　　　　　　　　#
　　　　　　　　　　　　#

이제는 막다른 길이었다. 나는 편지를 집어 들어 손에 쥐었다. 온몸이 떨려왔다. 영원히 돌이킬 수 없는 두 갈래 길 중 하나를 선택해야 한다는 걸 알고 있었으니까. 나는 숨을 죽인 채 잠시 생각에 잠겼다가, 마침내 나 자신에게 말했다.

"좋아, 그렇다면 난 지옥으로 가겠어."

그러고는 편지를 갈기갈기 찢어버렸다.

••• 헉은 도망친 노예 짐을 신고하려던 편지를 찢어버립니다. 사회의 법과 관습에 따르면 노예를 돕는 일은 명백한 죄였고, 헉 역시 그렇게 믿으며 자라왔습니다. 그럼에도 그는 친구를 배신하는 대신 스스로 죄인이 되기를 선택합니다. 세상이 옳다고 말하는 규범과 내 안의 진실이 충돌할 때, 지옥에 떨어질지라도 자신의 양심을 따르겠다고 결심하죠. 이런 헉의 모습은 스스로 옳다고 믿는 길을 선택하는 한 인간의 용기를 보여줍니다.

세상이 말하는 옳고 그름과 스스로의 양심이

서로 다른 방향을 가리킨다면, 당신은 무엇을 따르고 싶나요?

나만의 해시태그　　#　　　　　　#

　　　　　　　　　　#　　　　　　#

　　　　　　　　　　#

한 걸음 더

사회적 순응보다 아이의 자율성과 독립성을 우선시한 **루소**

남을 흉내 내지 말고 본성을 지키라고 조언한 **이솝**

내면의 선한 씨앗을 싹 틔우려면 매일 돌봐야 한다고 믿은 **맹자**

세상의 법칙보다 스스로의 양심을 따른 **허클베리 핀**

당신은 온전히 홀로 서기 위해 어떤 씨앗에 물을 주고 있나요?

## 2장

곁을 내어주는 마음

인간 행동에 가장 중요한 하나의 법칙이 있다. 그 법칙을 따른다면 우리는 어떤 위험에도 봉착하지 않을 것이다. 사실은 그 법칙을 지키기만 한다면 우리는 아주 많은 친구들은 물론 영속적인 행복도 얻을 수 있다. 하지만 그 법칙을 어기는 순간 우리는 끝없는 난관에 봉착하게 된다. 그 법칙은 다음과 같다. 언제나 다른 사람으로 하여금 자신이 중요한 사람이라는 느낌을 갖도록 만들어라.

임상훈 옮김, 현대지성, 2019년, 135쪽

●●● 데일 카네기는 복잡한 인간관계 속에서 마음을 얻는 가장 확실한 열쇠로 '인정'을 꼽습니다. 비난 대신 칭찬을, 논쟁 대신 미소를 선택하는 그 모든 기술의 밑바탕에는 "당신은 중요한 사람입니다"라는 진심 어린 존중이 깔려 있어야 한다는 것이죠. 누군가에게 내 곁을 내어주는 것은, 단지 공간을 공유하는 것이 아니라 그 사람의 존재 가치를 온전히 긍정하는 일입니다.

나만의 해시태그 #   #
#   #
#

## 104

발타자르 그라시안
『사람을 얻는 지혜』

해갈한 사람은 샘에서 등을 돌리고, 황금 쟁반에 있던 오렌지도 즙을 다 짠 후에는 진창에 떨어진다. 의존할 필요가 없어지면 예의 바른 행동도 사라지고, 그렇게 존중도 끝난다. 따라서 위안을 주되 완전히 만족시키지는 말고, 항상 다른 사람에게 필요한 존재가 되도록 유지해야 한다.

김유경 옮김, 현대지성, 2022년, 31쪽

●●● 17세기 스페인의 철학자 발타자르 그라시안은 속임수와 배신이 난무하던 귀족 사회에서 자신을 지키며 사람의 마음을 얻는 법을 고민했습니다. 그는 갈증이 풀리면 샘을 떠나듯, 사람 사이의 긴장감이 사라지면 존중도 흐려지기 쉽다고 경고합니다. 무작정 믿고 전부를 보여주기보다 적당한 거리를 유지해야 한다는 이치는 예나 지금이나 유효한가 봅니다. 나를 소모하지 않는 절제는 역설적으로 사람을 얻고 그 관계를 오래도록 유지하는 힘이 됩니다.

상대의 갈증을 채워주되, 나를 소모하지 않는 거리를 유지하고 있나요?

타인에게 필요한 존재로 남으면서도 나를 잃지 않는 선은 어디일까요?

나만의 해시태그　　　#　　　　　　　　　　#

　　　　　　　　　　　　　#　　　　　　　　　　#

　　　　　　　　　　　　　#

## 105

플라톤
『향연』

무엇인가를 욕망하는 모든 사람은 자기에게 갖추어져 있지 않고 자신에게 있지 않은 것, 즉 자기가 가지고 있지 않은 것, 또는 자신이 어떤 것이 되고자 하지만 아직 되지 못한 것, 또는 자신에게 결핍되어있는 것을 욕망하는 것이네. 욕망은 바로 그런 것들에 대한 욕망이고, 에로스는 바로 그런 것들에 대한 연애겠지.

『소크라테스의 변명·크리톤·파이돈·향연』, 박문재 옮김, 현대지성, 2019년, 272쪽

••• 기원전 416년, 아가톤이 아테네의 비극 경연에서 우승한 것을 기념해 베푼 연회에는 소크라테스와 지인들이 참석했습니다. 이들은 돌아가며 사랑의 신 에로스를 예찬하는데요. 소크라테스는 에로스가 완벽한 신이 아니라 신과 인간의 중간 존재인 '다이몬(정령)'이라고 주장합니다. 무언가를 간절히 사랑하고 욕망하는 이유는 본질적인 '결핍'이 있기 때문이라는 것이죠. 완벽한 존재는 아무것도 욕망하지 않기에, 결핍을 느끼고 타인의 곁을 찾는 우리는 역설적으로 가장 인간다운 존재가 됩니다.

나만의 해시태그　　#　　　　　　　　#

#　　　　　　　　#

#

다른 사람을 가늠해 보고 싶거든 먼저 자신을 가늠해 보라.

다른 사람을 해치는 말은 도리어 자신을 해친다.

피를 머금어 다른 사람에게 뿜으면

자신의 입이 먼저 더러워지는 법이다.

백선혜 옮김, 홍익출판사, 1999년, 50쪽

●●● '마음을 밝혀주는 보배로운 거울'이라는 뜻의『명심보감』은 수많은 현인의 지혜를 엮어 만든 삶의 지침서입니다. 이 대목은 타인의 단점을 지적하거나 험담하기 전에 그 거울로 나를 먼저 비추어보라고 권합니다. 완벽한 인간이란 없습니다. 누군가를 비난하려 머금은 독설은 상대에게 닿기도 전에 내 입술과 마음을 먼저 더럽히기 마련입니다. 타인의 허물은 그저 나를 성장시키는 반면교사로 삼으면 될 일입니다.

누군가를 험담한 뒤, 오히려 마음이 무거워진 경험이 있나요?
누군가의 단점에서 나의 모습이 겹쳐 보인 적은 없었나요?

나만의 해시태그　　　#　　　　　　　　　　#
　　　　　　　　　　　#　　　　　　　　　　#
　　　　　　　　　　　#

## 107

귀스타브 르 봉
『군중심리』

군중을 구성하는 개인이 누구든 간에, 즉 삶의 방식, 직업, 성격과 지능이 비슷하든 그렇지 않든 간에 그들은 군중이 되었다는 사실만으로 일종의 집단 심리를 갖게 된다. 따라서 독립된 개인으로 있을 때 하던 방식과 완전히 다른 식으로 생각하고 지각하고 행동한다.

강주헌 옮김, 현대지성, 2021년, 35쪽

●●● 프랑스의 사회심리학자 귀스타브 르 봉은 개인이 군중 속에 섞이는 순간, 각자의 이성과 지성은 사라지고 전혀 새로운 집단 심리가 나타난다고 보았습니다. 군중은 마치 자석에 이끌리듯 극단적인 감정에 휩쓸리며, 그 안에서 신념은 논리가 아닌 '전염'을 통해 번져나간다고 설명하죠. 타인과 함께하며 사회와 건강한 관계를 맺으려면 주체성을 잃어서는 안 됩니다. 집단의 열기 속에서도 중심을 잃지 않는 개개인이 모일 때 건강한 공동체를 꾸릴 수 있습니다.

나도 모르게 군중심리에 휩쓸린 경험이 있나요?

사회의 거센 물결 속에서 중심을 지키려면 무엇이 필요할까요?

나만의 해시태그　　#　　　　　　　　#

　　　　　　　　　　　#　　　　　　　　#

　　　　　　　　　　　#

한 걸음 더

타인을 인정하는 것이 관계의 열쇠임을 강조한 **데일 카네기**

위안을 주되 적절한 거리를 지키라고 말한 **발타자르 그라시안**

남을 지적하기 전에 자신을 먼저 돌아볼 것을 권한 **추적**

군중심리에 휩쓸리지 않게 자신을 수호하라 경고한 **귀스타브 르 봉**

누군가에게 곁을 내어주면서도, 당신의 중심을 잘 지키고 있나요?

3장

삶의
파도를
넘는 힘

## 108

루키우스 안나이우스 세네카
『화에 대하여』

진정한 위대함은 어떤 상황에서도 흔들리지 않는 평정 속에서 드러납니다. 별들 가까이에 있는, 세계의 높은 곳에서는 구름이 모이지도 않고, 폭풍우가 일어나지도 않으며, 돌풍에 휘말리지도 않습니다. 이 세계의 아래에서 번개가 치더라도, 그 높은 곳은 고요합니다. 이처럼 숭고한 영혼은 늘 평온하고 차분한 상태를 유지하며, 내면에서 분노를 자극할 수 있는 모든 요소는 이미 다스려지고 절제되어 있습니다. 그 안에는 타인을 존중하는 마음이 자리하고 있으며, 모든 감정과 판단이 자기 자리를 지키고 있습니다. 이는 분노한 영혼에서는 찾아볼 수 없는 것입니다.

박문재 옮김, 현대지성, 2025년, 126쪽

••• 스토아학파의 철학자 세네카는 분노를 '일시적인 광기'라 불렀습니다. 분노가 때로는 유익하다고 말하는 이들도 있지만, 세네카는 이에 단호히 반대합니다. 분노라는 파도에 올라타는 순간 삶의 방향키를 잃어버리기 때문입니다. 죄를 지은 자를 바로잡는 것은 차가운 이성이지 뜨겁게 타오르는 화가 아닙니다. 삶의 거친 풍랑 속에서도 구름 위의 하늘처럼 고요함을 유지하는 힘, 그것이 세네카가 말하는 진정한 영혼의 위대함입니다. 분노가 치밀어 오를 때 잠시 멈춰 시간을 갖는 것만으로도 우리는 파도에 휩쓸리지 않고 그 위를 평온하게 지나갈 수 있습니다.

분노가 치밀어 오를 때, 당신은 감정을 어떻게 다스리나요?

감정의 파도를 잠재우는 방법이 있나요?

나만의 해시태그　　#　　　　　　　　　#
　　　　　　　　　　　#　　　　　　　　　#
　　　　　　　　　　　#

## 109

아리스토텔레스
『니코마코스 윤리학』

관조적 활동은 최고의 활동이다. 우리 안에 있는 것 중에서 최고는 지성이고, 인간이 알 만한 것 중에서 최고 대상은 지성이 다루는 대상이기 때문이다.

또한, 관조적 활동은 가장 지속적인 활동이다. 어떤 행위보다 관조하는 것은 더 오래 지속할 수 있다. (…) 적어도 철학하는 활동은 순수함과 견고함에서 타의 추종을 불허하는 놀랄만한 즐거움을 지녔다.

박문재 옮김, 현대지성, 2022년, 400–401쪽

● ● ● 아리스토텔레스는 『니코마코스 윤리학』을 통해 아들 니코마코스에게 자신의 행복론을 들려줍니다. 그는 삶의 궁극적 목적이 '행복'이라고 정의합니다. 이때 행복이란 단순한 쾌락이나 타인이 인정하는 명예가 아닌, 스스로 덕을 실천하는 활동에서 비롯됩니다. 극단에 치우치지 않는 절제를 습관으로 삼고 고요히 진리를 탐구하는 '관조적 활동'을 통해 얻는 깊은 충만함이지요. 그는 이러한 과정이야말로 온전한 행복에 이르는 길이라고 말합니다.

당신이 행복에 이르는 길은 무엇인가요?
잠시 눈앞의 소란함을 잊고 무언가에 집중할 때,
당신의 마음에는 어떤 변화가 일어나나요?

나만의 해시태그　　#　　　　　　#
　　　　　　　　　　　#　　　　　　#
　　　　　　　　　　　#

110

‘시작’이란 것이 있다고 한다면 ‘시작’이 시작되지 않았던 적이 있을 것이고, ‘시작’이 시작되지 않았던 것조차 시작되지 않았던 적도 있을 것이다. (달리 말하자면) ‘유’가 있었고, ‘무’도 있었고, ‘무’가 시작되지 않았던 적이 있었고, ‘무’가 시작되지 않은 것조차 시작되지 않았던 적도 있었다. 그러다 홀연히 ‘유’와 ‘무’가 생겨났는데, 이 ‘유’와 ‘무’가 과연 ‘유’인지 ‘무’인지 알 수 없다. 지금 내가 말을 한 것이 ‘있지만’, 내가 정말로 말한 것이 ‘있는지’, ‘없는지’ 알 수 없다.

오현중 옮김, 홍익출판사, 2021년, 77쪽

●●● ‘나비 꿈’에서 깨어난 장자는 깜짝 놀랐습니다. 자신이 나비 꿈을 꾼 것인지, 나비가 장자 꿈을 꾸는 것인지 구분할 수 없었기 때문입니다. 그는 「제물론(齊物論, 만물을 가지런히 하다)」을 통해 절대적이라 믿어온 가치에 의문을 던집니다. 심지어 스스로의 주장마저 의심하죠. 우주의 존재 또한 마찬가지입니다. 있고 없음이 분명해 보이지만, 있는 것이 없던 순간이 있었고, 없는 것조차도 없던 순간이 있었습니다. 자칫 말장난처럼 들릴지 모르나, 이 통찰은 언어와 인식의 한계를 날카롭게 짚어줍니다. 고정된 기준에 매몰되지 않고 삶의 불확실성을 있는 그대로 받아들일 때 우리는 비좁은 자아의 경계 밖으로 나아갈 수 있습니다.

나만의 해시태그　　　#　　　　　　　#
　　　　　　　　　　　　#　　　　　　　#
　　　　　　　　　　　　#

마르쿠스 아우렐리우스
『명상록』

"이런 일이 내게 일어난 것은 내게 불운이다"라고 말하지 말고, 도리어 "이런 일이 내게 일어났는데도 여전히 나는 현재 일어난 일 때문에 망가지지도 않고, 미래에 일어날 일도 두렵지 않으며, 이렇게 아무런 해악도 입지 않고 멀쩡한 것은 내게 행운이다"라고 말하라.

박문재 옮김, 현대지성, 2018년, 86쪽

●●● 로마 제국의 황제 아우렐리우스가 전쟁터라는 극한 조건에서 스스로를 다스리기 위해 기록한 글입니다. 스토아 철학의 정수로 꼽히는 이 책에서 그는 어떤 시련 앞에서도 해석의 주도권을 잃지 말라고 당부합니다. 삶의 파도가 덮쳐올 때 그것을 나를 무너뜨릴 불운으로 볼 것인가, 아니면 나를 단단하게 다듬을 행운으로 볼 것인가는 온전히 나의 판단에 달렸습니다. 『명상록』의 원제는 '자기 자신 안에 있는 것들'이라고 합니다. 1,800년 전 한 황제가 자신 안에서 길어낸 반성적 태도와 통찰은 오늘날 우리에게 거친 세상을 버텨낼 단단한 힘이 되어줍니다.

나만의 해시태그 # #
# #
#

## 112

루키우스 안나이우스 세네카
『인생의 짧음에 대하여』

자신이 똑똑하다며 영리함을 자랑하는 이들보다 더 어리석은 이가 있을까요? 그들은 더 잘살겠다고 온갖 일에 매달려 분주히 뛰어다닙니다. 결국 인생을 낭비하면서 인생을 세우려는 셈입니다. 그들은 먼 미래를 목표로 삼아 인생을 설계하지만, 그것이야말로 인생의 가장 큰 손실입니다. 목표를 미루다 보면 우리에게 오는 모든 날을 빼앗기고, 현재는 미래를 위해 희생됩니다. 인생의 가장 큰 걸림돌은 미래에 대한 기대, 즉 내일을 기약하며 오늘을 희생하는 것입니다. 이는 운명의 손에 있는 것을 바라며 자신의 손안에 있는 것을 놓아버리는 일입니다. 당신은 어디를 보고, 어디로 손을 뻗고 있습니까? 앞으로 올 모든 것은 불확실합니다. 현재를 사십시오.

박문재 옮김, 현대지성, 2025년, 28–29쪽

••• 인생이 길다고 느끼시나요, 아니면 짧다고 생각하시나요? 세네카는 인생이 결코 짧지 않으며, 만약 그렇게 느껴진다면 그것은 시간이 부족해서가 아니라 인생을 낭비하기 때문이라고 말합니다. 우리는 더 나은 내일을 준비한다는 이유로 오늘을 희생하곤 합니다. 남들의 기준에 맞추느라 자신이 진정 원하는 것이 무엇인지도 모른 채 살아가기도 하지요. 결국 한정된 인생을 의미 있게 가꾸는 길은, 하루하루를 가장 '나답게' 살아내는 데 있지 않을까요?

당신이 원하는 삶의 모습을 진지하게 생각해본 적이 있나요?

내일을 위해 오늘 희생한 것 중, 되찾아오고 싶은 것은 무엇인가요?

나만의 해시태그

\#　　　　　　\#

\#　　　　　　\#

\#

## 113

버트런드 러셀
『게으름에 대한 찬양』

행복한 생활의 기회를 가지게 된 평범한 남녀들은 보다 친절해지고, 서로 덜 괴롭힐 것이고, 타인을 의심의 눈빛으로 바라보는 일도 줄어들 것이다. 또한 전쟁을 일으키게 되면 모두가 장시간의 가혹한 노동을 해야 할 것이므로 전쟁 취미도 사라질 것이다.

모든 도덕적 자질 가운데서도 선한 본성은 세상이 가장 필요로 하는 자질이며 이는 힘들게 분투하며 살아가는 데서 나오는 것이 아니라 편안함과 안전에서 나오는 것이다.

현대의 생산 방식은 우리 모두가 편안하고 안전할 수 있는 가능성을 열어 놓았다. 그런데도 우리는 한쪽 사람들에겐 과로를, 다른 편 사람들에겐 굶주림을 주는 방식을 선택해 왔다. 지금까지도 우리는 기계가 없던 예전과 마찬가지로 계속 정력적으로 일하고 있다. 이 점에서 우리는 어리석었다. 그러나 이러한 어리석음을 영원히 이어나갈 이유는 전혀 없다.

송은경 옮김, 사회평론, 2005년, 33쪽

●●● 하루에 딱 4시간만 일하는 일상, 상상만으로도 입가에 미소가 번집니다. 주 7일, 12시간 노동이 당연했던 1930년대에 러셀은 모두가 적게 일하고 남은 시간을 여가에 쓰는 사회를 상상했습니다. 그는 노동이 무조건적인 미덕이 아니며, 인간의 선한 본성은 치열한 생존 경쟁이 아니라 육체적·정신적 여유에서 피어난다고 보았습니다. 그로써 학문과 예술이 발전하고 행복한 삶을 누릴 수 있다고 주장했지요. 삶의 거센 파도에 맞서 끊임없이 노를 저어야 한다고 부추기는 대신 잠시 노를 내려놓고 쉬어 가자는 '게으름 찬양'은 따뜻한 울림을 줍니다.

나만의 해시태그　　#　　　　　　　#
　　　　　　　　　　　　#　　　　　　　#
　　　　　　　　　　　　#

## 114

에피쿠로스
『에피쿠로스 쾌락』

죽음은 아무것도 아니라는 생각에 익숙해져라. 모든 좋고 나쁨은 감각에 있는데, 죽음은 감각의 박탈이기 때문이다. 따라서 우리에게 죽음은 아무것도 아님을 아는 바른 지식은 우리 삶에 무한한 시간을 더해주는 방식이 아닌, 불멸에 대한 갈망을 제거하는 방식으로, 우리가 삶의 필멸성조차 즐길 수 있게 한다. 죽는 것을 두려워할 필요가 전혀 없음을 철저하게 아는 사람에게는 사는 것과 관련해서도 두려움이 전혀 없기 때문이다. (…) 죽음은 모든 재앙 중에서 가장 두렵고 떨리는 재앙이지만, 우리에게는 아무것도 아니다. 우리가 존재하는 동안에는 죽음은 우리에게 오지 않고, 죽음이 우리에게 왔을 때는 우리는 이미 존재하지 않기 때문이다.

박문재 옮김, 현대지성, 2022년, 109쪽

• • • '쾌락주의'의 대명사로 불리는 에피쿠로스는 사실 화려한 즐거움이 아닌 몸과 마음의 고통이 없는 평온한 상태(아타락시아)를 지향했습니다. 그는 인간이 겪는 가장 큰 불안의 뿌리에 '죽음에 대한 공포'가 있음을 간파했지요. 우주의 원리를 탐구한 끝에 그가 내린 결론은 명쾌합니다. 죽음은 감각의 부재일뿐이기에 우리가 존재하는 동안 죽음은 없고, 죽음이 오면 우리는 이미 없다는 것이죠. 이 진리를 받아들이는 순간, 삶의 필멸성을 온전히 즐길 가능성이 열립니다.

언젠가 사라질 삶이기에,

오늘 반드시 지키고 싶은 소박한 기쁨은 무엇인가요?

나만의 해시태그　　#　　　　　　　#

　　　　　　　　　　　　#　　　　　　　#

　　　　　　　　　　　　#

분노의 파도에 휩쓸리지 말고 평정을 지키라고 당부한 **세네카**

고요하게 진리를 탐구하는 행복을 논한 **아리스토텔레스**

옳고 그름에 매달리기보다 상황에 따라 유연하게 받아들인 **장자**

시련의 의미를 정할 주도권은 나에게 있음을 역설한 **아우렐리우스**

삶의 파도가 밀려올 때,

당신은 어떤 배에 올라 그 물살을 건너고 있나요?

4장

일상을

가꾸는

태도

## 115

노자
『도덕경』

최고의 선, 가장 높은 덕성은 마치 물과 같다.

물은 만물을 이롭게 할 뿐 다투지 않는다.

사람이 싫어하는 낮은 곳에 처한다. 그러므로 도에 가깝다.

소준섭 옮김, 현대지성, 2019년, 43쪽

●●● 전쟁이 끝이지 않던 춘추전국시대에 노자는 모든 다툼이 '인위(人爲)', 즉 인간이 억지로 만든 정책과 제도에서 비롯된다고 보았습니다. 그가 생각하는 최고의 선은 물처럼 다투지 않고 겸손하게 사는 것입니다. 노자는 눈에 보이지 않는 '도(道)'를 '물'이라는 구체적인 대상에 비유해 설명했습니다. 물은 만물을 살리면서도 결코 공을 다투지 않으며, 모두가 꺼리는 낮은 곳으로 묵묵히 흐릅니다. 약한 것이 강한 것을 이기고 부드러움이 단단함을 이긴다는 노자의 역설은, 일상을 대하는 우리의 경직된 태도를 부드럽게 매만져줍니다.

일상에서 힘을 잔뜩 주며 애쓰고 있는 부분이 있나요?

힘을 빼고 흐름에 몸을 맡겨보면 어떨까요?

나만의 해시태그   #   #

#   #

#

## 116

홍자성
『채근담』

거친 베 이불을 덮고 좁은 방에서도 즐겨 잘 수 있으면 대자연의 평화로운 기상을 얻을 수 있고, 명아주 국에 거친 밥에도 만족을 느낄 수 있으면 욕심 없이 소탈한 인생의 참 의미를 알 수 있다.

김성중 옮김, 홍익출판사, 2005년, 147쪽

●●● 중국 명나라 말기에 쓰인 『채근담』은 전편에서는 처세의 지혜를, 후편에서는 자연과 조화로운 삶의 즐거움을 노래합니다. '채근(菜根)'은 나물 뿌리처럼 소박하고 변변치 않은 음식을 뜻합니다. 자극적이지 않고 담담한 그 맛은 오래도록 질리지 않으며 몸과 마음을 건강하게 지켜주지요. 내 손안에 쥔 작은 것에 만족하는 소탈함이 우리를 진정한 자유로 안내합니다. 무한 경쟁의 시대, 소박한 삶을 예찬하는 태도야말로 흔들리는 일상을 붙잡아줄 가장 단단한 뿌리입니다.

나만의 해시태그　　　#　　　　　　　　#
　　　　　　　　　　　　#　　　　　　　　#
　　　　　　　　　　　　#

## 117

대니얼 디포
『로빈슨 크루소』

내가 사용할 수 있는 것만이 가치 있는 전부였다. 먹을 것이 충분하고 필요한 것을 모두 얻을 수 있는데, 나머지가 내게 무슨 소용이란 말인가? 먹을 수 있는 것보다 더 많은 고기를 얻은들 개나 야생 동물이 먹어버릴 테고, 먹을 수 있는 것보다 많은 곡식을 심은들 결국 썩어버릴 뿐이다. 내가 베어낸 나무들도 땔감으로 쓸 때를 제외하고는 땅바닥에 누워 썩어갈 뿐이었다.

결국 사물의 본질을 경험하며 깊이 성찰해보니, 세상 모든 좋은 것은 우리에게 쓸모 있는 만큼만 좋은 것이었다. 우리가 타인에게 나누어줄 수 있을 만큼 무언가를 쌓아둔다 해도, 결국 우리가 누릴 수 있는 것은 우리 손이 닿는 만큼이지 그 이상은 아니었다.

• • • 재미 삼아 '무인도에 딱 세 가지만 챙겨간다면?'이라는 질문을 던지곤 하죠. 필요한 물건은 언제든 쉽게 구할 수 있는 삶을 살다가 모든 것을 스스로 일구어야 하는 상황에 처한다니, 상상만으로도 막막합니다. 배가 난파되어 떠밀려 간 무인도에서 28년간 홀로 버티며 끝까지 살아남은 로빈슨 크루소가 발견한 진리는 의외로 단순했습니다. 아무리 많은 것을 쌓아두어도, 결국 지금 나에게 필요한 만큼만 가치가 있다는 사실이었죠.

무인도에 세 가지만 가져갈 수 있다면, 무엇을 고를 건가요?

곁을 가득 채운 물건이나 관계 중, 지금 내게 넘치는 것이 있나요?

나만의 해시태그　　　#　　　　　　　　#

　　　　　　　　　　　#　　　　　　　　#

　　　　　　　　　　　#

## 118

헨리 데이비드 소로
『시민 불복종』

나는 우리가 먼저 사람이 되어야지, 먼저 국민이 되어서는 안 된다고 생각한다. 정의보다 법률을 더 존중하는 태도는 바람직하지 못하다. 내가 인정할 수 있는 유일한 의무는 언제 어디서라도 내가 옳다고 생각하는 것을 실천하는 것이다. 결사체에는 양심이 없다는 말은 타당한 발언이다. 그러나 양심 있는 사람들이 구성한 결사체는 양심을 가진 결사체가 된다.

『월든·시민 불복종』, 이종인 옮김, 현대지성, 2021년, 449-450쪽

● ● ● 월든 호숫가에 통나무집을 짓고 살던 소로는 구두를 고치러 나갔다가 경찰에 붙들려 감옥으로 끌려갑니다. 흑인 노예제도를 묵인하는 정부에 반대하며 6년간 인두세 납부를 거부했기 때문이죠. 비록 하룻밤의 짧은 수감 생활이었지만, 그는 그곳에서 부당한 권력에 대항하는 개인의 양심을 담은 『시민 불복종』을 집필했습니다. 이 글은 훗날 간디와 마틴 루터 킹의 비폭력 운동에 영감을 주었습니다. 소로는 자신에게 주어진 유일한 의무는, 언제 어디서든 스스로 옳다고 믿는 바를 실천하는 일이라 말합니다.

나만의 해시태그

\#　　　　　\#
\#　　　　　\#
\#

## 119

레프 톨스토이
『톨스토이 고백록』

새는 원래부터 공중을 날아다니며 먹이를 모으고 둥지를 짓고 살아가도록 지음 받았습니다. 그리고 나는 새가 그런 일들을 하고 있는 것을 볼 때 기쁨을 느낍니다. 염소와 토끼와 늑대는 먹고 새끼를 낳아 기르며 살아가도록 지음 받았습니다. 그리고 나는 그런 동물들이 그렇게 하고 있는 것을 보면, 그들이 행복하고 그들의 삶은 의미가 있다는 것을 아주 분명하게 느낍니다.

그렇다면, 인간은 어떻게 해야 하는 것입니까? 인간도 그 동물들과 마찬가지로 자신의 생존을 위해 일해야 하지만, 인간은 자기 자신을 위해서가 아니라 모든 사람을 위해서 일해야 하기 때문에, 자신만을 위해서 일하는 경우에는 살아갈 수 없다는 것이 동물들과 다릅니다. 그리고 인간이 모든 사람을 위해 일할 때, 나는 그런 인간은 행복하고 그의 삶은 의미가 있다는 것을 아주 분명하게 느낍니다.

박문재 옮김, 현대지성, 2018년, 89–90쪽

●●● 『전쟁과 평화』, 『안나 카레니나』로 문학적 성공을 거둔 톨스토이는 부와 명예, 화목한 가정까지 갖춘 '완벽한 삶'을 살고 있었습니다. 그러나 어느 날 갑자기 찾아온 죽음에 대한 공포와 삶의 허무는 그를 깊은 절망에 빠뜨렸지요. '어차피 죽을 텐데, 이 모든 성취가 무슨 소용인가?'라는 실존적 질문에 답하기 위해 그는 서재를 벗어나 낮은 곳으로 향했습니다. 그는 인간이 자기중심적인 욕망에서 벗어나 타인을 위하고 사랑을 실천할 때, 비로소 삶의 허무를 극복할 수 있다는 깨달음을 얻었습니다.

당신은 삶의 의미를 어디에서 찾고 있나요?

개인적인 성취 외에 일상을 가치 있게 만드는 것이 있나요?

나만의 해시태그   #   #

                                  #   #

                                  #

## 120

앙투안 드 생텍쥐페리
『**어린왕자**』

"안녕." 여우가 말했다.

"이제 비밀을 알려줄게. 아주 단순해. 마음으로 보아야만 제대로 볼 수 있어. 가장 중요한 것은 눈에 보이지 않아."

"가장 중요한 것은 눈에 보이지 않아." 어린왕자는 잊지 않으려고 되풀이했다.

"네가 너의 장미꽃에게 쏟은 시간이 네 장미꽃을 그토록 소중하게 만든 거야."

• • • 어린 왕자는 자신의 소행성 B-612에서 단 하나뿐인 장미와 다투고 여행을 떠납니다. 수많은 별을 지나 지구에 도착한 왕자는 그곳에서 여우를 만나 '보이지 않는 것의 소중함'과 '길들인다는 것의 의미'를 배웁니다. 그리고 깨달음을 얻은 왕자는 다시 자신의 별, 사랑하는 장미 곁으로 돌아갑니다.

당신에게도 정성껏 돌봐온 '나만의 장미'가 있나요?

그 장미를 위해 쏟아온 시간은 당신에게 어떤 의미인가요?

나만의 해시태그　　　#　　　　　　　　　　#

　　　　　　　　　　　　#　　　　　　　　　　#

　　　　　　　　　　　　#

한 걸음 더

우리의 긴 여정도 이제 끝자락에 다다랐습니다. "가장 중요한 것은 눈에 보이지 않아"라는 여우의 말은, 이제껏 마주한 수만 페이지의 논쟁과 기록을 단숨에 가로지릅니다. 우리가 찾던 정의와 진리, 가치는 멀리 있지 않았습니다. 나만의 '장미'에 직접 물을 주고 바람막이를 세우며 쏟은 정성, 그 길들임의 시간 속에 있었습니다.

물처럼 낮은 곳으로 흐르며 다투지 않는 삶을 가르친 **노자**

소박한 일상이 삶을 지탱하는 뿌리임을 보여준 **홍자성**

자신의 욕망을 넘어 타인을 향한 사랑에서 의미를 찾은 **톨스토이**

정성을 들인 시간이 소중한 가치를 만든다는 것을 일깨운 **생텍쥐페리**

눈에 보이지 않지만, 당신의 일상을 조용히 지탱하는

가장 소중한 가치는 무엇인가요?

조금 더 깊이

5부에서 가장 인상 깊었던 구절과 질문을 적어보세요.

그 이유는 무엇인가요?

지은이 김선영

방송 작가로 시작해 어느덧 20년째 글을 짓고 있다. '글밥'이라는 이름으로 읽기와 쓰기를 통해 충만해지는 삶의 기쁨을 나눠왔다. 독서 모임과 필사 모임을 운영하고 글쓰기 코치로 활동하고 있으며, 앞으로도 오랫동안 문장을 사랑하는 이들과 나란히 걸을 수 있기를 꿈꾼다.

매일 읽고 쓰다 보니 자연스레 필사의 매력에 빠져 마음을 울리는 문장을 부지런히 수집해왔다. 이번에는 고전의 숲에서 길어 올린 문장들을 갈무리해 고전 필사 여행의 동행자로 돌아왔다. 아름다운 문장을 옮겨 적으며 스스로를 들여다보는 시간이 단단한 삶을 살아낼 힘을 길러준다고 믿는다.

지은 책으로 『다시 시작하는 평생 독서법』, 『고수의 어휘 사용법』, 『따라 쓰기만 해도 글이 좋아진다』, 『어른의 문장력』, 『어른의 문해력』, 『나도 한 문장 잘 쓰면 바랄 게 없겠네』와 에세이 『오늘부터 나를 고쳐 쓰기로 했다』, 『오늘 서강대교가 무너지면 좋겠다』가 있다.

하루 한 장, 단단한 삶을 위한 고전 필사 노트

1판 1쇄 발행 2026년 4월 21일

지은이 김선영
발행인 박명곤 **CEO** 박지성 **CFO** 김영은
기획편집1팀 채대광, 백환희, 이상지, 김진호
기획편집2팀 박일귀, 이은빈, 강민형, 박고은
기획편집3팀 이승미, 김윤아
디자인팀 구경표, 유채민, 윤신혜, 권지혜
마케팅팀 임우열, 김은지, 전상미, 이호, 최고은

펴낸곳 (주)현대지성
출판등록 제406-2014-000124호
전화 070-7791-2136 **팩스** 0303-3444-2136
주소 서울시 강서구 마곡중앙6로 40, 장흥빌딩 10층
홈페이지 www.hdjisung.com **이메일(문의/제휴)** support@hdjisung.com
제작처 영신사

"Create Curious Contents"

현대지성은 호기심 어린 마음으로 작가님의 원고를 기다리고 있습니다.
원고 투고는 togo@hdjisung.com으로 보내주시면, 정성껏 검토 후 연락드리겠습니다.

이 책을 만든 사람들

기획 채대광 **편집** 백환희 **디자인** 유채민